Give Them the Ax

新編賈氏妙探

之9 約會的老地方

賈德諾 Erle Stanley Gardner 著 周辛南 譯

目錄
Contents

Give Them the Ax

出版序言

關於「妙探奇案系列」

當代美國偵探小說的大師，毫無疑問，應屬以「梅森探案」系列轟動了世界文壇的賈德諾（E. Stanley Gardner）最具代表性。但事實上，「梅森探案」並不是賈氏最引以為傲的作品，因為賈氏本人曾一再強調：「妙探奇案系列」才是他以神來之筆創作的偵探小說巔峰成果。「妙探奇案系列」中的男女主角賴唐諾與柯白莎，委實是妙不可言的人物，極具趣味感、現代感與人性色彩；而每一本故事又都高潮迭起，絲絲入扣，讓人讀來愛不忍釋，堪稱是別開生面的偵探傑作。

任何人只要讀了「妙探奇案」系列其中的一本，無不急於想要找其他各本，以求得窺全貌。這不僅因為作者在每一本中都有出神入化的情節推演，而且也因為書中主角賴唐諾與柯白莎是如此可愛的人物，使人無法不把他們當作知心的、親近的朋友。「梅森探案」共有八十五部，篇幅浩繁，忙碌的現代讀者未必有暇遍覽全集。

而「妙探奇案系列」共為廿九部，再加一部偵探創作，恰可構成一個完整而又連貫的「小全集」。每一部故事獨立，佈局迥異；但人物性格卻鮮明生動，層層發展，是最適合現代讀者品味的一個偵探系列。雖然，由於賈氏作品的背景係二次大戰後的美國，與當今年代已略有時間差異；但透過這一系列，讀者仍將猶如置身美國社會，飽覽美國的風土人情。

本社這次推出的「妙探奇案系列」，是依照撰寫的順序，有計劃的將賈氏廿九本作品全部出版，並加入一部偵探創作，目的在展示本系列的完整性與發展性。全系列包括：

①來勢洶洶 ②險中取勝 ③黃金的秘密 ④拉斯維加，錢來了 ⑤一翻兩瞪眼 ⑥變！失蹤的女人 ⑦變色的色誘 ⑧黑夜中的貓群 ⑨約會的老地方 ⑩鑽石的殺機 ⑪給她點毒藥吃 ⑫都是勾搭惹的禍 ⑬億萬富翁的歧途 ⑭女人等不及了 ⑮曲線美與痴情郎 ⑯欺人太甚 ⑰見不得人的隱私 ⑱探險家的嬌妻 ⑲富貴險中求 ⑳女人豈是好惹的 ㉑寂寞的單身漢 ㉒躲在暗處的女人 ㉓財色之間 ㉔女秘書的秘密 ㉕老千計，狀元才 ㉖金屋藏嬌的煩惱 ㉗迷人的寡婦 ㉘巨款的誘惑 ㉙逼出來的真相 ㉚最後一張牌。

本系列作品的譯者周辛南為國內知名的醫師，業餘興趣是閱讀與蒐集各國文壇上高水準的偵探作品，對賈德諾的著作尤其鑽研深入，推崇備至。他的譯文生動活潑，俏皮切景，使人讀來猶如親歷其境，忍俊不禁，一掃既往偵探小說給人的冗長、沉悶之感。因此，名著名譯，交互輝映，給讀者帶來莫大的喜悅！

譯序

美國有史以來最好的偵探小說

周辛南

賈氏「妙探奇案系列」，（Bertha Cool—Donald Lanm Mystery）第一部《來勢洶洶》在美國出版的時候，作者用的筆名是「費爾」（A. A. Fair）。幾個月之後，引起了美國律師界、司法界極大的震動。因為作者大膽的在小說裡寫出了一個方法，顯示美國人在現行的美國法律下，可以在謀殺一個人之後，利用法律上的漏洞，使司法人員對他無計可施，只好讓他逍遙法外。

於是「妙探奇案系列」轟動了美國的出版界、讀書界和法律界，到處有人打聽這個「費爾」究竟是何方神聖？

作者終於曝光了，原來「費爾」就是名作家賈德諾的另一個筆名。史丹利．賈德諾（Erle Stanley Gardner）是美國當代最著名的作家之一。他本身是法學院畢業的律師，早期執業於舊金山，曾立志為在美國的少數民族作法律辯護，包括較早期的中國移民在內。律師生涯平淡無奇，倒是發表了幾篇以法律為背景的偵探短篇頗受歡迎。於是改寫長篇偵探推理小說，創造了一個五、六十年來全國家喻戶曉，全世界一半以上國家有譯本的主角——梅森律師。

由於「梅森探案」的成功，賈德諾索性放棄律師工作，專心寫作，終於成為美國有史以來第一個最出名的偵探推理作家，著作等身，已出版的一百多部小說，估計售出七億多冊，為他自己帶來巨大的財富，也給全世界喜好偵探、推理的讀者帶來無限樂趣。

賈德諾與英國最著名的偵探推理作家阿嘉沙．克莉絲蒂是同時代人物，都活到七十多歲，都是學有專長，一般常識非常豐富的專業偵探推理小說家。

賈德諾因為本身是律師，精通法律。當辯護律師的幾年又使他對法庭技巧嫻熟，所以除了早期的短篇小說外，他的長篇小說分為三個系列：

一、以律師派瑞．梅森為主角的「梅森探案」；

二、以地方檢察官Doug Selby為主角的「DA系列」；

三、以私家偵探柯白莎和賴唐諾為主角的「妙探奇案系列」；

以上三個系列中以地方檢察官為主角的共有九部。以私家偵探為主角的有二十九部，梅森探案有八十五部，其中三部為短篇。

梅森律師對美國人影響很大，有如當年英國的福爾摩斯。「梅森探案」的電視影集，台灣曾上過晚間電視節目，由「輪椅神探」同一主角演派瑞．梅森。

研究賈德諾著作過程中，任何人都會覺得應該先介紹他的「妙探奇案系列」。讀者只要看上其中一本，無不急於找第二本來看，書中的主角是如此的活躍於紙上，印在每個讀者的心裡。每一部都是作者精心的佈局，根本不用科學儀器、秘密武器，但緊張處令人透不過氣來，全靠主角賴唐諾出奇好頭腦的推理能力，層層分析。而且，這個系列不像某些懸疑小說，線索很多，疑犯很多，讀者早已知道最不可能的人才是壞人，以致看到最後一章時，反而沒有興趣去看他長篇的解釋了。

美國書評家說：「賈德諾所創造的妙探奇案系列，是美國有史以來最好的偵探小說。單就一件事就十分難得——柯白莎和賴唐諾真是絕配！」

他們絕不是俊男美女配：

柯白莎：女，六十餘歲，一百六十五磅，依賴唐諾形容她像一捆用來做籬笆，帶刺的鐵絲網。

賴唐諾：不像想像中私家偵探體型，柯白莎說他掉在水裡撈起來，連衣服帶水不到一百三十磅。洛杉磯總局兇殺組宓警官叫他小不點。柯白莎叫法不同，她常說：「這小雜種沒有別的，他可真有頭腦。」

他們絕不是紳士淑女配：

柯白莎一點沒有淑女樣，她不講究衣著，講究舒服。她不在乎別人怎麼說，我行我素，也不在乎體重，不能不吃。她說話的時候離開淑女更遠，奇怪的詞彙層出不窮，會令淑女嚇一跳。她經常的口頭禪是：「她奶奶的。」

賴唐諾是法學院畢業，不務正業做私家偵探。靠精通法律常識，老在法律邊緣薄冰上溜來溜去。溜得合夥人怕怕，警察恨恨。他的優點是從不說謊，對當事人永遠忠心。

他們也不是志同道合的配合，白莎一直對賴唐諾恨得牙癢癢的。

他們很多地方看法是完全相反的，例如對經濟金錢的看法，對女人——尤其美女的看法，對女秘書的看法……

但是他們還是絕配！

賈氏「妙探奇案系列」，為筆者在美多年收集，並窮三年時間全部譯出，全套共三十冊，希望能讓喜歡推理小說的讀者看個過癮。

第一章　破壞家庭的人

我跨出電梯，開始步向走道。熟悉的環境使我回想起第一次我來到這條走道的境遇。那一次我是來求職。

在那時，門上漆的字是「柯氏私家偵探社」。現在——一九四四年，門上漆的是「柯賴二氏私家偵探社」。左下方又漆著較小的「柯氏」，右下方則是「賴唐諾」。柯氏代表柯白莎。她是我合夥人，不願漆上全名，為的是免得解釋女人做這一行的許多問題。至於我的名字仍在門上，更使我確定回來是絕對值得的。

我推開門進去。

卜愛茜正在敲打打字機的鍵盤。她轉頭自肩向上望，訓練有素的微笑掛到臉上，任何一位來找私家偵探緊張的顧客，都會因為這種歡迎的態度安下心來。

她看到我，表情突然消失，兩隻眼睛突然睜大。

「唐諾！」

「哈囉，愛茜。」

「唐諾，老天，真高興見你。從哪裡回來？」

「南太平洋，還有許多許多其他地方。」

「你可以留——你什麼時候還要走？」

「不回去了。」

「真的不再回去了？」她問。

「可能不需要了。六個月之後我還需要做次體檢。」

「出了什麼事？」

「昆蟲——熱帶昆蟲。休息一回也不錯。回到清涼的氣候，不必整天緊張。白莎在裡面？」我把頭向裡面門上一比，門的玻璃上漆著「柯氏，私人辦公室」。

愛茜點點頭。

「混得怎麼樣？」

「老樣子。」

「體重呢？」

「仍舊保持一百六十五磅，還像一捆帶刺的鐵絲網。」

「有錢賺嗎？」

「有一陣子。但是後來她變得墨守成規，最近一陣都不太好。你最好是自己問她。」

「我離開這段時間，你一直坐在這裡打字嗎？」

她笑道：「沒有，當然沒有。」

「什麼意思？」

「每天只有做八小時。」

「看來也是墨守成規。我還以為你會辭職去兵工廠工作報國。」

「我的信收到了嗎？」

「信上沒有說還替我們工作呀。」

「我認為不必提這件事。」

「為什麼？」

她避開我眼睛：「我也不知道，說是對戰爭的貢獻吧。」

「忠於職守嗯？」

「忠於職位倒不見得。」她說：「守——倒是有一點，唐諾，你在外面打仗，我希望做點事『守住』你的事業呀！」

內辦公室呼叫鈴聲響起。

愛茜把桌上話機拿起，壓下通白莎辦公室的按鈕，說道：「什麼吩咐，柯太太？」

白莎發怒的聲音可以把電線燒熔。連我坐的地方也可以聽得清清楚楚。自話機發出的聲音說：「愛茜，我告訴你過多少次，和客戶講話，只要弄清楚他們想要什麼，立刻由我接見。一切的細節都由我來說明。」

「這不是客戶呀，柯太太。」

「是什麼人？」

「一——一個朋友。」

白莎的聲音一下升高了八度：「老天！我付你薪水是為了讓你在辦公室開聯誼晚會呀？老天！一個朋友……一個……你看著，我馬上給他好看！」

白莎那邊把話機摔下的聲音，不經話機，從關著的辦公室門都聽得清清楚楚。我們聽到兩下快步的聲音，辦公室門突然拉開，白莎已站在門檻上，發光的兩隻小眼充滿怒意，她的大下巴向前戳出。

她匆忙地向我所在方位看了一下，慢慢的向我邁步，有如一艘戰艦準備對付一隻潛水艇。

走到一半，她的眼睛終於通知了她氣瘋了的頭腦。

「嘎！是你這個小混蛋！」她說，兩隻腳凍住在地上。

這一刻她是真心十分喜歡看到我的。但是她立即控制自己，她不要任何人知道她心意。她轉向愛茜說：「什麼混蛋理由你不通知我？」

愛茜嚴肅地說：「我正要告訴你，柯太太，可是你把電話掛了。我要告訴你——」

「嘿！」白莎用鼻子發音使她停止說下去。然後轉向我說：「你回來也不先送個電報。」

我用唯一能使她產生反應的理由辯白：「電報要花錢。」

即使這樣還是沒有打動她的心：「你可以送個交際電報呀，那種電報文字固定，收費低廉。像這樣突然闖回來——」

柯白莎突然把話煞住，眼睛盯在通走道門的磨砂玻璃上。

一位女性的頭和肩的影子映在玻璃上，時髦，嬌瘦，一看即知年輕。也許是因為她站立的位置，也許是習慣的格調，她的頭稍稍側向一側，看起來更為俏麗。

白莎輕輕嘀咕著：「豈有此理！顧客每次來時我都在外面一間，看起來那麼不正經，好像我們生意很差似的。」她一把攫起愛茜桌上一堆打好字的紙，裝做公事很忙的樣子，翻動著。

但是門外的人沒有進來。

足足有幾秒鐘的時間影子映在磨砂玻璃上，對我們來說時間停留了好像幾分鐘。突然影子決定不進來，向走道後端走下去。

白莎把那堆紙重重摔回桌上。「就是這樣。」她說：「最近我們的生意就是這樣。這個可惡的小娼婦可能去下面環美偵探社吐她的苦水去了。」

我說：「樂觀點，白莎。她可能緊張了一點，等一下會回來的。」

「好吧。」白莎輕蔑地說：「這地方風水不合她的口味。本來要進來，又不進來了。完全因為聽起來不像一個辦公室。愛茜，你回去打你的字。唐諾，你到裡面來。愛茜，你給我記住，要是她進來，她會很緊張。這種典型的顧客不會等候，她會突然說忘了什麼東西，站起來就走。那就再也見不到她了。記住她在頭髮的一側帶了一頂小帽子，她——」

「她的影子我看得非常清楚。」愛茜說。

「好，她一進來立即通知我。不要耽擱。立即用電話。要知道我總不能像寶斗里一樣在門口拉顧客。再想想也實在怪，要想做件事，為什麼不就去做呢？反反覆覆，像那女人一樣。其實我又何嘗不這樣，我應該開門拉她進來的。唐諾，我們進去，好讓愛茜打字。」

卜愛茜很快地給我一個微笑，充滿趣味的成份。回去就開始機關槍式的打字。

柯白莎把她大而健壯的手放在我臂彎中說：「走，告訴白莎當兵什麼滋味。」

我們進了白莎私人辦公室。白莎繞過大的辦公桌，把自己一下塞在那張會吱咯叫的迴轉椅中。我坐在一張沙發高背椅的把手上。

白莎仔細看我一遍說：「你強健多了。」

「我有一段時間比現在更要強健。」

「現在多重？」

「一百三十五磅。」

「好像高了一點。」

「沒有，只是他們使我站的方法改變了。」

靜寂了一陣。白莎一隻耳朵注意著外間有無聲息。卜愛茜打字的聲音沒有暫停的樣子。

「生意不太好？」我問。

「差極了。」白莎咕嚕著。

「什麼原因？」

「我怎麼知道。你來這裡之前，我有不少瑣碎無足輕重的案子可以虛度時光。

小的跟蹤案子，離婚案子這一類的，大多是家庭不和，別的公司不要的案件。而後『你』來了。一下子你給我大大的改變——更多的錢，更多的冒險，更多的興奮，更多顧客——而後你自己要去海軍當什麼兵，有一陣子我維持得還可以。然後不知怎麼了，我已有一年沒有值得一顧的案子了。」

「什麼原因？顧客都不來了嗎？」

「他們有來。」白莎說：「但是我不夠說動他們。他們不肯聽我的方法，我又不會你的方法。我是個四不像。」

「什麼意思你不會我的方法？」

「看那張你坐著的椅子，」她說：「就是個好例子。」

「什麼意思？」

「你做了我的合夥人之後，你狠得下心花一百二十五元買這張椅子。你的理論是客人坐立不安時，不可能贏得他們信心。而他們不舒服的話，也不能告訴你實況。你讓客戶坐在那張舒服的沙發椅裡，讓他們自以為在世界屋脊上睡在一張羽毛床上。他們向後一躺就開始說話。」

「倒是真的，他們會有信心和開口。」

「對你很靈，輪到我來就不靈了。」

「也許你沒能使他們感到舒服。」

白莎生氣地說：「我還要怎樣使他們舒服？我已經付了一百二十五元買張椅子給他們舒服。假如你想我浪費一百二十五元，另外還要——」

她說到一半突然停下。

我靜聽，什麼也聽不到。突然明白，愛茜不在打字。

一會兒之後，白莎桌上電話響起。

白莎把話機搶起，小心地說：「嗯。」而後輕輕地說：「是那個女人……是的？她姓什麼？……好，請她進來。」

白莎掛上電話，對我說：「離開這張椅子，她來了。」

「什麼人？」

「她的名字叫許嬌雅。馬上進來。她——」

卜愛茜開門，用特別通融的語氣說：「柯太太即刻可以見你。」

許嬌雅大概一百一十四磅，並不像從門上影子估計那麼年輕，應該是三十一、二歲，頭也沒有側向一邊。門上影子看到頭彎的原因，一定是因為她在門外側聽。

柯白莎對她微笑，用滴得出蜜糖的聲音說：「許小姐請坐。」

許小姐看看我。

她有深而有感情的眼珠，厚唇，高額，光滑橄欖色皮膚，非常深色的頭髮。她看我的樣子，就像要立即轉向逃跑。

白莎急急地說：「這是賴唐諾，我的合夥人。」

許小姐說：「喔！」

「進來，」白莎邀請著：「許小姐，你可以坐那張椅子。」

她猶豫著。

我深深的打了一個呵欠，一點也沒有意思要掩飾，自口袋拿出一本記事本來，隨意地說道：「那我就去做剛才我們討論的事，要不然——」我好像突然想起，轉向許小姐加上一句：「也許許小姐要我也在這裡聽你的事？」

我儘量使聲音有厭倦的樣子，好像多一件案子就加多一件雜務。我聽到白莎噎氣的聲音，好像要開口，但是許嬌雅向我笑著說：「我想我要你也坐下聽聽。」走向沙發椅，坐了下來。

白莎滿臉春風：「可以可以，許小姐，你說。」

「我要有人幫忙。」

「我們就是幫人家忙的。」

她把皮包打玩了一會，把膝蓋翹在一起，小心地把裙子弄整齊，雙眼避免看白莎。

她有雙美腿。

白莎熱情地說：「我們可以幫——」

許嬌雅急急避開她眼神。

我在記事本上寫上一些字把紙撕下。「別急，她要效果，不要大塊頭女偵探沾糖漿。」

我把撕下的紙，自桌上推給白莎。

許嬌雅看著白莎拿起這張紙，在看。

白莎臉色轉紅，一把捏皺紙條，拋在廢紙簍中，向我怒目而視。

「好，許小姐，」我不在意地說：「你有什麼困難？」

許嬌雅深吸一口氣：「我這件事不要別人批評我。」

「不會有人批評你。」

「我也不要別人說教。」

「不會。」

她憂慮地看了白莎一眼：「女人聽了也許不能忍受。」

白莎滿臉笑容羞怯地說：「喔，親愛的。」她突然想到我給她的字條，一下靠回椅背，回到她本來的習性說：「管它這些亂七八糟的，你到底要說什麼？」

「老實說，」許嬌雅下定決心：「我是個想拆散別人家庭的人。」

「又如何？」白莎問。

「你聽了我做的一切之後，不可以說教。」

「有鈔票付我們的帳單嗎？」白莎問。

「當然，否則我哪敢進來。」

白莎冷冷地說：「那你拆散全世界的家庭也不關我事。你要我們做什麼？找一個標準家庭給你來拆？沒有問題，做得到。」

許小姐神經質地笑了。等了一下她說：「我很高興你的看法。柯太太。」

白莎說：「家庭不會被人拆散，家庭是自己要散的。」

許嬌雅說：「我和寇先生交往已四年了。」

「寇先生什麼人？」我問。

「寇艾磊，寇成百葉窗公司的老闆。」

「我聽到過這公司，他結婚多久了？」

「八個月。」

我靠上椅背，點了支菸。

許嬌雅說：「我開始是在人事部門工作。那時艾磊就是有太太的。他的太太在我上班不久後死亡。他有點惶惑。我不知他愛她多深，但她走了他的確很孤單。他是一個愛護家庭、忠心、熱情的男人。自己又正直，在他眼中世界上沒有壞人。」

她猶豫了一下，深深地歎口氣繼續道：「過了一陣，他自麻木中恢復，我也漸漸對他認識清楚一些。」

「他約你外出？」白莎問。

「我們一起出去吃過幾次飯，是的。」

「看戲？」

「是。」

「到你公寓去？」

「去他公寓？」

「從來沒有。」

「沒有，他不是那種人。」

「他現任太太什麼時候遇到他的。」

許嬌雅說：「公司事很忙，由於工作過度我有點不舒服，寇先生建議我應該出去度個長假，給了我一個月休息。我回來的時候他已結婚了。」

「故意把你支開的？」

許嬌雅爆發激怒：「他是受騙的。受了一個卑鄙、齷齪、陰險、毒辣、假慈悲、故意設計好、口蜜腹劍的女人的騙。假使這種惡劣性格還可以算是人的話。」

「那麼是她手腳快了一點囉？」

「完全正確。」

「事情怎麼發生的？」

「一切開始在某夜艾磊開車下班。他晚上看東西不太清楚，而那晚又下雨，路上又滑。即使如此，我仍認為不完全是他錯，雖然他後來一再說是自己不好。他車前有個小車。交通燈一換，小車緊急煞車。煞車燈壞了。當然伊瑪發誓說她伸出一隻手表示要停。只要為了她自己好，她什麼誓都肯發。」

「伊瑪是那女人？」

「是的。」

「後來呢？」

「寇先生撞了她車的尾巴——對汽車來說不太重，也沒多大損害。兩部車修修五十元足夠了。」

「人受傷了？」

「脊髓神經受傷。艾磊自車中出來，跑到前面的車去。他看到開車的是個女人，就開口道歉，好像一切都是他的錯。我敢說斐伊瑪向上看到艾磊大而強壯的臉，充滿同情的眼，一定馬上決定要嫁給他——而她是個動作快的女人。」

「同情心作祟？」白莎問。

「很多因素湊起來的。艾磊的太太死了，他很無聊。他很多事情依靠我慣了，我又不在身邊。事後我在檔案裡找到一張電報稿，問我能否縮短假期早日回來。不知什麼原因電報沒發。要是發了，也許會改變我整個人生。現在看來，他一定以為我沒有理會他。」

我看看我的錶。

許小姐趕快接下去：「斐伊瑪表現非常良好，但說免得別人誤會她是敲竹槓，她把車交給寇艾磊，只要修好就行。艾磊認為斐伊瑪非常合理，為了表示大方，他請車行把她的車子詳細檢修，凡是找得出來的毛病都給修理調整了。他把車送去給伊瑪，這個時候伊瑪開始有頭痛，她找了一個醫生，醫生給她照了X光，診斷她的脊髓神經受了傷害。但是她非常勇敢，非常溫柔，儘量掩飾痛苦！」

「伊瑪讓艾磊知道，不工作她無法維持生活，所以艾磊給她付一切費用。當然沒人知道真正發生了什麼，反正我度假回來，老闆度蜜月去了。」

「多久前？」

「六個月。」

「之後有事嗎？」

「發生一連串的事，老闆起初有點迷惘，尤其和我相處時有點窘。他總覺得欠我一個解釋，但是他太君子了，一個字也說不出口。」

「你呢？」白莎問。

「我太生氣也受傷太重所以常和他作對。我告訴他只要他找到人我就要辭職。但是他找不到可以頂替我的人，他要求我留下，我就留下了。」

「你什麼時候決定想做一個破壞家庭的人？」

「老實說，柯太太，我不知道。開始我覺得人生沒什麼希望了。一切都垮了。我從未瞭解我有多愛艾磊，但現在一切變成無法挽救了。」

「我知道。」白莎說：「我現在要知道實況。」

「這些都是小事情，柯太太。也和我要找你的事關係不大。我要自己先說出來，因為我不要你找出來了來丑表功。」

「但是你已經決定要追寇先生了？」

「我已經決定在他追我的路上不設什麼阻礙了。」

「而他有追你的意思？」

「他迷惘，他痛苦。他還在霧中徘徊。」

「有沒有開始想借重你的指引？」

許嬌雅把眼睛看向柯白莎：「我們坦白一點說，柯太太，艾磊已經明白這件事他做錯了——事實上，我度假一回來他就明白了。」

「但是他的忠實教養使他沒有反應？」

「是的。」

「而你現在認為他會發動什麼？」

「他也許會。」

「他假如發動，你會全力幫助他。」

許嬌雅說：「那個裝腔作勢，貧血的賤貨把他從我手中偷去。她在我回來之前，一步一步把他捆住，我要偷他回來。」

白莎說：「好，我們背景清楚了。告訴我們你預備怎樣做？」

「有沒聽說過一處叫蘇百利大廈的？」

白莎搖搖頭，然後說：「是——是在第七街那一個？」

許嬌雅點點頭：「只是四層的房子，其實稱不上大廈。底層都是商店，第二層是辦公室。『凌記老地方』——也就是很出名的老地方約會咖啡酒廊，在第三層，凌先生自己的公寓和關係企業在第四層。」

「蘇百利大廈又如何？」

「她要艾磊為她把大廈買下來。」

「為什麼單單看中這幢房子？」我問。

「我不知道，大概和酒廊有關。」

「那酒廊又特別到什麼程度，使整幢房子成為好投資？」

「我也不知道，凌弼美在本市有四五個這種地方。我想他是唯一成功把自助午餐，轉變為下午約會，吊馬子的地方，而以夜總會方式賣酒的。他把『秀』輪流在連鎖店演出，生意蠻好的。」

「你怎麼說是個吊馬子的地方？」白莎問。

「每天下午，」她說：「不少女人集中在『老地方』，喝點雞尾酒，跳點舞，選些新的異性朋友。」

「寇先生那麼有錢？」

她迴避地說：「我想活動百葉窗的利潤還不錯。」

「他有錢？」

「是的，不少。」

「你要我們做什麼？」

她說：「我要你們找出來，這一切後面有點什麼？她是連核都爛掉了的蘋果，我要你查出她在搞什麼鬼。」

柯白莎說：「這都是要花錢的。」

「多少錢？」

「先收兩百元。」

許嬌雅冷冷的像真在做生意：「這兩百元錢可以提供我些什麼服務呢，柯太太？」

白莎猶豫著。

我說：「可提供你十天的偵查工作。」

「合理的花費當然實報實銷。」白莎急急補充。

「十天之後你能找到點什麼呢？」許嬌雅說。

白莎乾脆地說：「我們是偵探，不是千里眼，我怎能知道能查出什麼來呢？」

這個答覆好像答對了。許嬌雅打開皮包：「我來這裡的事，你們一定要保密。」

柯白莎點點頭，貪婪的小眼盯著她的皮包。

許嬌雅拿出一本支票簿。

白莎適時遞給她一支鋼筆。

第二章　唐諾的調查

白莎自己點上支菸向我說：「這就是人生。」

「還不錯。」

「雞皮蒜毛的小案子，為一個血都吐得出來的女人跑腿。她對私家偵探能做的估價太高了。」

「不要埋怨，白莎。」

「你離開的時候，」白莎說：「我們正紅透半邊天，財源滾滾，大案子一件一件來。我真他媽不懂你是怎麼弄的。一件小小的案子，一下就變成大事情，案子破了，人情做了，鈔票也來了。你走了之後，明明接到的是最大的案子，結果總是只賺了點小眉小眼的零花錢。我也曾維持一段時間，但後來突然沒生意，來的多是剛才這種小玩意兒。」

「不要擔心，我來處理這件事。」

「你準備怎樣著手？」

「郡公所人口動態統計資料，能把現任的寇太太查清楚。去她婚前的住址查一查，找她以前做什麼，住什麼地方。再查查她為什麼突然對蘇百利大廈發生興趣。」

「這是不少的跑腿工作。」

「所以我要開步走了。」我說著，走出她辦公室。

卜愛茜自打字桌上抬起頭來：「今天休息嗎？」

我說：「出去辦案，下午會打電話回來看有沒有事。」

愛茜躊躇一下想要說什麼，過了一下，她臉紅了。不管她想說什麼，她沒有說出來。她用旋轉椅把自己轉回去，埋頭打字遮蓋窘態。

我從熟悉的位置找到公司車。過去的十八個月有如一場夢。我現在等於回到老本行。

郡公所找到寇艾磊三十八歲，斐伊瑪二十七歲；寇艾磊曾結過一次婚，是鰥夫；斐伊瑪未結過婚。她婚前住址是拉吐尼亞街一八九一號。

我開車到拉吐尼亞街的地址。是一座四層磚造樸實的公寓，門口裝飾得十分華麗。掛了塊牌子「楓葉莊公寓」，另外有牌子表示沒有空的單位出租。我按了標示經理的鈴，足足等了五分鐘才有反應。

經理是一位四十歲左右的胖女人，智慧的小黑眼睛，厚唇，膚色非常好和髮色配合。初見的時候她並不友善，像輛不易克服的坦克。經我一再笑臉相向，她也回以笑臉，就健談起來。

「對不起，這公寓已沒有空房了，所以——」

「我想找一點資料，有關一位曾住這裡的女客。」

「什麼人？」

「一位——一位——」我儘量表示已忘了她的名字。自口袋中拿出記事本，用手指翻著說：「一位蘭女士……喔，不是這位。」我又用手指撥弄了一會，一行一行指下去說：「斐，斐伊瑪。」

「她是住過這裡，她去結婚了。」

「你知道她嫁給什麼人了？」

「不，我不知道。據我知道嫁得不錯。她不太多說話。」

「那時候你也是經理？」

「是的。」

「對她背景知道嗎？她父母在哪裡？她從哪裡來？或任何她的事。」

「不知道，她走的時候甚至沒有留下通訊地址。我後來才知道是她自己到郵局去辦這件事的。」

「是不是有點不太正常？」

「是，其他住戶遷居都會留下新地址的。」

我說：「她來租你公寓的時候有沒有提供什麼資料，比如以前住哪裡等等？」

「喔，有。」

「我們看一下好嗎？」

「你是什麼人？尊姓？」她問。

我向她笑笑說：「告訴你你不會相信的。」

「為什麼？」

「我姓王。」

「的確不能相信。」

「很多人不相信。」

「還是進來談吧。王先生。」

「謝謝。」

經理的公寓是在底層，裝飾多了一些，有檀香木的味道。一只中國香爐放在室中的一張桌子上，裊裊地向上升著白煙。牆上有太多照片，屋裡有太多椅子，太多桌子，太多小傢俱，太多小擺飾。

「要不要坐一下，王先生？」

「謝謝。」我給她支紙菸，也給她點上了。

「告訴我，你為什麼要問三問四？」

我兩手一攤，手掌向上，做了個空白的表示。

「我的意思是你來調查為什麼目的呢？」

我說：「嘿，我自己也不知道的。他們從不告訴我為什麼。他們只給我一張名單，叫我儘可能調查。也許她在申請保險，也許是為張舊帳單，甚至也可能是有筆遺產等她去接收呢。」

「她是一個很好的女孩。」經理說。

我把煙吹向空中說：「嗯哼。」

「在我的印象中非常文靜，很保守，從不召開荒唐的派對。」

「真不錯。」

「我知道她絕對不屬於舊帳未清一類的。」

「那就不會是舊帳未清。」我說。

「你不是說連你也不知道嗎？」

「是呀，有人要調查她，如此而已。我的責任只是調查。每調查一人，他們付我一元，當然一切開支他們負責。」

她說：「我也有一些人，我希望知道他們底細的。」

「把姓名交給我，不過我先要把它交給辦公室。辦公室怎麼跟你結帳我不知道。他們有一套辦法，要有預付金。客戶要保證每年或每月有多少人要調查。當然他們不只收客戶一元一個人名。一元只是我的部分。」

她說：「給你這樣一說，就不值得花錢去瞭解他們了。讓我來看，這位斐小姐我能給你什麼資料。」

她打開一個寫字桌的抽屜，拿出一個資料卡的盒子，開始在十二劃下面找。過不多久，她找到了她要的卡片，把它抽出來，她說：「不錯，斐伊瑪。以前住在南富利敏頓街，三九二號。」

「有介紹人嗎？」我問。

「兩個，郭本嘉和商茂蘭。」

「有地址嗎？」

女經理說：「只有一個市區商業地址。她的資料到此為止。除了這裡記著她房租按月繳清，我們算她好房客。」

「我想我也可以交差了。」我說：「實在感激。」

「你每天名字很多的話，生意還蠻可以做的。」

我說：「問題是不斷東跑西跑。」

「是的，你說了我就明白了。對每一個名字有規定要報告多少資料嗎？」

「喔，足夠使他們想知道的都知道就行。有時容易，有時十分困難。一般來說平均一個名字要花四十五分鐘。我在這附近還有兩個人要調查。你看，能把同一路線的集在一起就可以省時間。」

「我希望你能找到你要的東西，王先生。」她說。

「謝謝你。」我告訴她。

在鄰近的雜貨店，翻電話簿知道郭本嘉是個律師，商茂蘭也是個律師，兩個人有一個嘉蘭法律事務所。

我本擬立即打電話給他們，想了一下決定延後。我先要到法院去一下。

這次我只注意以往訴訟案件，調查原告的名字。我一個一個名字找下來，有那麼多名字差一點錯過了一個，但是我沒有。終於找到了：「裴伊瑪控訴孔費律」。我把案號記下，告訴職員我是個律師，借閱這件訴訟的檔案。

全案很簡單，一份不痛不癢的訴訟控告，一份抗辯。一份賠款控告，一份對賠款控告的抗辯。一份撤銷控告通知。原告代理律師是嘉蘭法律事務所。

我翻閱著原告的控告。控告說在一九四二年四月五日原告在很小心，沒超速情況下駕駛自己的汽車。被告完全不顧其他駕車者安全或與被告同車者的安全，用漫不經心、疏忽、非法的方法駕車，沿了一條公路叫做偉爾夏大道的撞到了原告所開的車子。由於這次車子的相撞，原告的脊髓神經受了永久性的損傷，已經花費了醫師費用二百五十元，護士及藥費八十五元二角，X光七十五元及專家會診五百元。原告目前已成終身傷害。而被告疏忽、非法的駕車正是造成的原因，所以原告除了上開的醫藥費，律師訴訟費要被告負責外，另外要求五百元的賠償。

訴訟案於一九四三年三月三十一日庭外和解撤銷結案。

我把本案的重點一一記下，把被告律師的姓名地址記下。在電話簿中找到了孔費律，他是一個承造商，我把他地址也找到了。我走下樓到法院的大廳，用電話聯絡辦公室，白莎不在。我告訴卜愛茜我準備到「老地方」酒廊去喝杯雞尾酒，假如有重要事白莎可以在那裡找到我。愛茜問我案子辦得如何了。我告訴她稍有進展——還不到報告的程度。

第三章　凌記老地方

有一陣子，像「老地方」這種約會場所風靡全國，像鼠疫一樣快速流行，像雨後春筍一樣各地設立。夜總會竄出來做午後的生意，迎合三十歲，四十歲以上的婦女找一點羅曼史的心理。有一些婦女是被金屋藏嬌想出一下牆。有的是已婚的婦女自以為欺騙一下丈夫，其實是欺騙一下自己。她們都假裝在購物中心購物，「偶然」憩足喝點飲料。

這項生意對夜總會有起死回生的作用，有的地方甚而下午生意收入比晚上還多。但是好景不常，漸漸地常往那裡逗留的男士使環境過度複雜。環境複雜又吸引了其他男女別具用心的聚集，於是高尚有錢的主顧駐足不前，惡性循環使生意又一落千丈，大部份的場所只好關門大吉。

僅存的幾家也立了嚴格的規定——沒有男士伴同的女客不予招待，不同桌的不可跳舞。

「凌記老地方」照樣在營業。據我所知沒有規定來限制客人行為。這是很有意思的。

因為蘇百利大廈是在商業中心的邊緣，找一個停車位置十分困難。一條街外有一個市內停車場，我正準備開往那邊停車，突然發現一個機會。一輛計程車自大廈入口開走，我看到大廈前有劃好的不准停車區。這個區域是供來車下客下貨，及上下計程車專用的。我看到劃線區和停在路旁一輛凱迪拉克大房車前，有一個空位，止好夠我的小車擠入。我估計自己不會久留，又估計那豪華大車一定屬於某位大亨。我把公司車退後擠進劃線區與房車之間。離開汽車，我發現我的後保險槓已幾乎碰到大車的保險槓了。凱迪拉克是出不來了，我一定要先離開才行。

電梯把我帶到「老地方」——一點點極淺醉人的香水味，很厚的地毯，昏暗的燈光，夢境似的音樂，動作快訓練有素的僕役——有神秘安全的氣氛。是個令人放心的好地方。

我要杯威士忌加蘇打。酒是倒在一支琥珀色厚玻璃杯裡送來的，我看不出酒有多淡。凌弼美即使用二十元一瓶把酒買進，照他收客人的賣出價格，及他給客人酒的量，他的利潤還是非常可觀的。

這裡有一個好的樂隊，有不少女客。散坐而為數不多的男士——有一個胖臉辦公室職員派的，可能是吃中飯溜出來沒回去。另有一個面無表情兩側留鬢，腹部收縮，儘量把自己比作明星。但是這裡沒有年輕人。年輕一代和這裡的價格表配不到一起去。

一個聲音輕輕自我後肩飄過來。帶著習慣性但很有誘惑力。「香菸，雪茄？」我向後一看，眼睛吃了一客冰淇淋。她大概二十二或二十三歲。裙子停在膝上二、三寸，前面掛一隻小得可憐的圍兜，上衣質料很好、花邊小的翻領、一個大的「V」字剪裁在前胸，一條吊帶連著傳統的木製販賣盤，裡面放著香菸，雪茄和口香糖。

我付了兩角許嬌雅的開支費買了一包菸。心中盤算著將來可以向客戶解釋，買這樣貴的菸，目的是聯絡感情以便獲得消息。其實這是付我眼睛吃的冰淇淋錢。

她有一雙淺灰令人遐思的眼。她世故地微笑著說：「謝謝你。」一面用超然有社會經驗的眼光，來看前面這個看著她大腿的男人。

她沒有離開，等著用打火機給我點菸。

「謝了。」我說。

「樂意的。」

我蠻喜歡她的聲音，但是她就說了這幾個字走開了。

我把這地方再仔細看一下，想著寇太太會不會正好也在這裡。沒有見到任何一個合乎她的描述的。這裡的女性也不簡單，還得對自己的性感相當有信心才會來這裡徘徊。貧血的憔悴的在這裡是得不到什麼的。

再留下去就不如回家睡個午睡了。我辦案也不過十元小錢一天。這件案子也不可請客戶付太多的辦案開支。我走向電話接辦公室。

白莎不在。我給愛茜很仔細的指示：「我在凌記老地方，我在找一個女人。看看你的錶。等七分鐘後，打電話這裡問寇艾磊太太在不在，要她接聽電話。假如這裡人不認識她，就請他們呼叫她，就說是急事。他們開始呼叫，你就掛電話。」

「還有什麼吩咐？」

「沒有了。」

「有沒有事對白莎說？」

「告訴她我在這裡就好了。」

「是的，你多照顧自己。」

「你也不要工作過度了。」

我走回桌子。僕役在附近徘徊，暗示我酒喝得不夠快。我趕快把它喝掉又叫了一杯。

酒差不多花了七分鐘送到。

我向四周觀望。僕役頭招來一個他的部下，對他說了些什麼，那個人點點頭，順溜地走向一個桌子。一男一女占用著這張桌子。僕役向女客說了些什麼。女人向男人道個歉離開桌子。

起先我不太相信。然後我看到她走向電話方向時走路的姿態，知道她是我要找的人。她走路的時候向一側身體有點斜。不是跛行，腿也沒問題，是某一特定位置下，背有一點僵硬。

她和許嬌雅所描述的外型截然不同。她哪裡是裝腔作勢，貧血無力的弱女子。相反的她是女人中的女人，她自己也知道。羊毛套裝包裹著美好的曲線。下巴抬起到一個不卑不亢俊俏的角度。全身充滿了獨立和自信。她走過的時候，男人都會注目，證明我的看法沒錯。

她快要走到電話的時候，我轉頭觀看曾和她同桌的男士。他是個高個子，有大理石雕像所有的健康男性象徵。他穿著正派，像個銀行出納，熱情，整齊，合身。他也充滿自信，但絕無過分的樣子。他五十出頭一點。目前的樣子有一點像業餘演員在扮演美國管家。

兩分鐘之後，寇太太回到桌子。和她在一起的男人起立，用細心，沒有笑容的態度幫她入座。他自己也坐回原位，小聲地對話。

從他們臉上的表情，他們可能在討論國庫公債。

我再次起立，閒逛到電話亭再和辦公室聯絡。卜愛茜告訴我白莎已回來，我請白莎通話。

「哈囉。」白莎說：「你混到哪裡去了？」

「在凌記老地方。」

「還在那裡呀！」

「是的。」

「這樣辦案倒蠻寫意的。」她生氣地說：「坐在音樂和美人堆裡，喝著有人付錢的酒——」

「閉嘴，」我插嘴說：「聽清楚，寇艾磊太太和一位男士在這裡。我認為他們待不久。我要知道這男人是誰。要你在這裡門外等他們出來，跟蹤他們。」

「公司車你不是在用嗎？」

「你用你私人的車好了。」

「好吧……可以。」

我說：「寇太太大概二十八歲。約一百十二磅。五呎四吋或四吋半。黑色羊毛套裝，一頂大的黑草帽上面有紅的裝飾。大紅鱷魚皮皮鞋和皮包。

「和她一起男的，大概五十二歲，五呎十吋，一百七十到一百七十五磅，雙排釦藍灰色西服有很細的白斜條，長鼻子，長下巴，表情不多，深藍領帶上有紅色彎曲花紋、眼珠灰或淺藍，那麼遠看不清楚。

「那個女的你一看她走路就知道，她從屁股開始搖大腿，每次跨出右腿時，左側的背有一點點僵直。必須很注意從後面才能看出來，但注意的話，一定看得出。」

白莎多少緩和了一點說道：「好，放心。你能找到他們，我們算有了點進步。我立刻過來。要不要我進去到裡面等？」

「千萬不要，站起來跟他們一起離開太明顯了。再說剛才一個電話她沒有接到，可能已經起疑心了。」

「好，交給我好了。」

我回去又坐下。我感覺到那僕役對我十分注意。

「香菸，雪茄？」

聲音和笑容就在我肩上。我轉過去看到她的腿。「哈哈，」我說：「我才買一包，記得嗎？哪能抽那麼快？」

她向前低下上半身，湊過來低聲說：「再買一包，你好像很欣賞眼前的景色，我有話要跟你說。」

我正想說幾句吃豆腐的話婉拒她的推銷。突然看到她的眼神和她的表情，我伸手入口袋取了個兩毛五硬幣，一面說：「這交易很合理。」

她放一包菸在桌上，挨近我以便拿到硬幣，嘴唇不動地說：「快滾！」

我抬起眉毛不解地對著她。

她做出一個容忍的笑容，好像我說了什麼過分的話。慢慢地拿起那包菸，有經驗地撕去一隻角，抽出一支菸，送到我唇邊，一面輕聲地說：「你是賴唐納？」把打火機湊了過來。

這次我實在不必抬什麼眉毛，我的兩條眉毛自己抬了起來。「你——」我問：「你怎麼知道？」

「不要那麼傻，用用你的腦子，你不是有個腦子嗎？」

她把打火機點著，把火頭接近我的菸，又說：「可以走了嗎？」

「不走。」

她說：「不走也可以，活動活動呀！隨便找個女人跳個舞，你現在那個樣子像根電線杆豎在電影院裡。」

這提醒了我。我突然明白單身男人不會到這種地方只是為了品兩杯酒。但我仍耽心，這香菸女郎怎麼會知道我叫什麼名字的。十八個月來，我一直在西南太平洋做菜鳥。在此之前我也從來沒有在隨便什麼地方出過名。

樂隊開始演奏。我選了相隔兩個桌子一個年輕愉快女郎，我走過去時她有點裝模作樣。

「跳個舞？」我問。

她用有點傲慢的假裝驚奇目光，向上看我說：「你也太突然一點吧？」

我看著她眼睛說：「是有一點。」

她笑了，「我喜歡莽撞的男人。」她說著站起來，把手伸向我。

我們一聲不響跳過了半個舞池。她說：「我覺得你不是我想像中那種男人。」

「你是什麼意思？」

「坐在那裡，皺著眉頭看酒杯，很憂愁，不太合群。」

「說對了，不能合群。」

「不是，我研究過你。喔！說漏了。我承認曾注意你。」

「注意我有什麼不對？」

「只是不應該承認。」

我沒有再說話，我們又跳了一會舞。她再度笑著說：「其實我一直是對的，你又憂愁又不合群。」

我說：「讓我們來談談你，那兩位和你在一起的是什麼人？」

「朋友。」

「好朋友？」

她說：「我們三個人經常同出同遊，我們興趣相投。」

「結婚了？」

「嗯……沒有先生。」

「離婚了？」

「是的。」

我們又跳了一會舞，她說：「你很少來這裡。」

「是很少。」

「我沒見過你，我也對你很奇怪，你根本不像到這種地方來的男人。」

「什麼樣的男人到這裡來？」

「大多數不是好東西。很偶然會看到一、兩個有點——興趣。那像海中撈月。」

看，我又自己在招供了。」

「你喜歡跳舞，偶然你會在這裡找到合意的舞伴，是嗎？」

「大概就是如此。」

樂聲停止，我帶她走向桌子，她含嬌地說：「假如我知道你的姓名，我會介紹你給我的朋友。」

「我從不告訴別人姓名。」

「為什麼？」

「我不會是你喜歡介紹給朋友的那種人。」

「為什麼？」

我說：「我有太太，有三個小孩在挨餓。我無法養活太太，因為我常把下午荒廢在這種地方。我一次次想痛改前非，但總是本性難改。我每次在街上看到像你這樣漂亮面孔，會跟著看你到哪裡去。假如你到這裡這種地方，我會跟進來，把口袋中每一分錢花掉，目的只是抱你跳次舞。」

我們已走回到她的桌子了。她笑著大聲說：「小姐們，我想這位是某先生，蠻好玩的。」

兩位小姐有趣的目光向上看我。

僕役頭站在我身邊說：「對不起，先生。」

「是不是違反了這裡什麼規定？」我問。

「沒這話，先生。是經理要我向你致候，請你移駕辦公室幾分鐘。是重要事。」

「好呀，我喜歡這樣結果！」和我跳舞的女郎說。

僕役頭什麼也不說，致「力」於我的手肘。

我向三位年輕女郎笑道：「不要緊，我可能會回來的。」隨即跟了領路的人穿過門廳，經過一道掛布簾的門框來到一間接待室。另一扇門上有牌子刻著「私人辦公室」，僕役頭帶我連門都未敲就走了過去。

他說：「賴先生來了，先生。」他退身，把門也帶上。

坐在大型光亮核桃木辦公桌後面的男人，從一些紙張中把眼睛轉向看我。我看到他深色眼睛，堅決、有力地發散著充沛活力的人格。

微笑自他臉上出現。把迴轉椅一下推後，他站起來，繞過桌子。

他並不特別高，也不肥，但他只是全身都厚。胸部厚，頭頸厚，身體直直的上下一樣粗細，沒多少曲線。衣服是定製的，看得出是最好的裁縫，不只手工好，而是剪裁得使他體型變得很好看。頭髮非常整潔，顯出理髮師小心辛苦工作的結果。看不到一根頭髮不在恰當的位置。

「賴先生你好，我姓凌，是這裡老闆。」

我們握手。

他仔細上下看了我一下，說：「請坐，來支雪茄？」

「不了，謝謝。我抽香菸。」

他自桌上打開一只防潮盒說：「隨便選你喜歡的牌子。」

「不，謝謝，我口袋中有一包，我想早點抽掉。」

我向口袋摸去。我發現照目前情勢，最好不要讓他知道第二包香菸這件事。

「好吧，隨便坐，不要客氣。要不要來杯酒？」

「我剛喝了兩杯你的威士忌加蘇打。」

他笑了，他說：「我問的是要不要來杯真的酒。」

「威士忌加蘇打。」我說。

他拿起電話，壓下一個按鈕說：「兩杯威士忌加蘇打，我自己的牌子。」

他放下話機說：「我想你才從南太平洋回來？」

「我能不能請問，你怎麼知道的？」

他似乎蠻高興：「可以問，可以問。」

等於沒有回答，所以我只好說：「我離開國土相當久。你的事業是我離開之後興起來的，我也從沒來過。」

「所以我特別注意你今天來的目的。」

「但是你怎麼會知道我是誰呢？」

他說：「好了，好了。我們兩個可以說都是腳踏實地的人。」

「是又怎麼樣呢？」

「把你放在我的位置。為了要維持這個地方，有的時候眼睛要睜大一點。總要吃飯呀。」

「當然。」

「為了要賺錢，當然顧客第一。他們為什麼來這裡？他們要什麼？他們能得到什麼？他們顧慮什麼？他們怕什麼？很明顯的。賴先生，只要你把你自己放在我的位置上想一想，你就完全明白。沒有通知私自光臨的私家偵探——當然我會接到報告的。」

「是的，我懂了，你們認識所有的私家偵探嗎？」

「當然不可能。只認識夠聰明，可能引起麻煩的。」

「怎麼分別法？」

「我不分別他們，他們自己分別出來。」

「我不太懂你的意思。」

「私家偵探和別的行業相同。不能和別人競爭的自然會淘汰。可以維持生意的，只是生意多，人和公司是不出名的。真有兩下的不但生意好，而且引人注意，圈子裡大家會討論的。這一種人我都認識。」

「承蒙誇獎。」

「不要那樣謙遜。在你入伍進海軍前，你建立了相當好的名聲，一個小個子很有膽量——膽量和腦子；經常用大膽的工作方法玩無限制的遊戲，把顧客利益放在優先。我曾經仔細研究過你的經歷。我有需要時可能請你幫忙。」

「當然，還有你的合夥人，柯白莎。很特出的，是嗎？」

我問：「你認識她很久了？」

「老實說我從來沒有浪費時間在她身上，直到你參加她的班底和組織合夥事業。白莎當然也在我名單上——很少幾個偵探社之一，只做點家務小生意的。所以不會引起我自己的興趣。她用常規方法處理常規生意，而你來了之後把常規事情用特別方法處理。案子一經你手就煞不住手。」

「你對我太清楚了。」我說。

他平靜地點點頭，好像是同意一件當然的事：「我對你實在太清楚了。」

「今天又為什麼承蒙寵邀呢？」

門上有人敲門。

「進來。」凌弼美說。

我注意到他身體的右側稍稍動了一下，聽到很輕的一下克啦聲。門自動打開，一位僕役托了一只銀盤進來，盤上有一瓶很好牌子的蘇格蘭威士忌，玻璃杯，冰塊和壓得出蘇打水的瓶子。

僕役把盤子放在桌子角上，一言不發走出去。凌弼美倒了不少酒到兩只杯子去，放進冰塊擠入蘇打水，給了我一只杯子。

「敬你。」他說。

「敬你。」我回答。

我們各喝了一口，凌弼美回座，搖著轉椅，微笑著說：「我想我不必再多囉唆了。」

「你是說，不要我在這裡？」

「非常正確。」

「你能把我怎麼樣嗎？」

他的眼光變硬了，臉上還是在笑：「很多，很多方法。」

「我倒很有興趣。可能是找藉口說桌子都預定了，沒有空位，還是僕役都不伺候我。我看不出還有更妙，更有用的方法。」

他笑著說：「你有沒有注意到，賴先生，講得凶的人反而不太做。」

我點點頭。

「我要做的話，不會先告訴你。來這裡為什麼特別案子嗎？」

我笑說：「正好逛進來。想找點社交活動。」

「很明顯的，」凌弼美笑著說：「希望你想到我這裡顧客的反應。假如有一個顧客指著你說：『看，這是柯賴二氏私家偵探社的賴唐諾，他們專辦離婚案件。』我相信絕大多數這裡的顧客會突然想起還有件要緊事要辦，逃之夭夭。」

我說：「我倒沒有想到這種可能。」

「你不妨現在想想看。」

我們各人品各人杯中的酒。

「好，我現在想想。」我說。

我不知寇太太和她的護花使者有沒有離開這裡了。也不知柯白莎跟上他們沒有。我也在考慮，凌弼美厭惡私家偵探，可能是因為這大廈出售正在交涉中。

「不要為這小事太煩惱。」凌弼美說：「加點酒？」

他用左手伸出來接我的杯子，右手拿著那瓶威士忌，傾倒琥珀色的液體進我的杯子，又加了蘇打水。

我一直在奇怪，當初怎麼會發生這種情況的，可能性不多，但到底是發生了。我的眼睛無意地向下望，看到他價值昂貴的手錶。那是一只體積很大的錶，只有他這種厚個子才配戴用。秒針很大只，走起來一跳一跳，是一只十分準時的錶。

錶上時間，是四點半。

我暗暗估計，不可能那麼晚了。我想看看自己的錶，又覺得暫時不太妥。

凌弼美把自己杯子也加了些酒。眼睛透過杯子的上沿向我笑著說：「我想我們彼此相當瞭解。」

「當然，」我告訴他：「這非常重要。」

我不引起注意地環視著辦公室。

在檔案櫃頂上有一座鐘。很普通的電鐘，用鍍銅的航海輪裝飾為框。

我等候凌弼美眼光沒有看我的時候，匆匆轉頭看了一下鐘的指針。

時間是四點三十二分。

我說：「維持這樣一個所在，困難一定很多。」

「當然不可能一個人吃肉。」他承認。

「我想你也認識不少這裡的顧客。」

「常客——只認識常客。」

「進酒有困難嗎？」

「不多。」

「我有個客戶，為了車禍想和人打官司。你知道什麼好律師嗎？」

「是不是你現在在進行的案子？」

我只是笑一下算回答。

「對不起。」

「有沒有好的車禍律師你認識？」我問。

「沒有。」

「想來本城應該有較好的。」

「應該。」

我說：「好酒，我也感激你的招待。我想你不希望我回我的桌子去。」

「沒關係，賴先生，隨你的便。玩一下，輕鬆一下。希望你愉快。要離開的時候，不要管帳單。站起來走就是了。也不會有帳單給你。只是有一件事，不——要——再——來！」

他用酒和談話拖住我。現在酒也喝了，話也完了。他也允許我回老地方去。那麼，他為什麼熱心要我離開幾分鐘呢？多半是寇太太和那男的已經離開了。

我把剩下的酒一口喝掉，站起來，伸出手來：「很高興見到你。」我說。

「謝謝你，請隨便，賴。玩一下。我也祝福你，不論你現在在辦什麼案子，都會有好結果。也請你記住到別地方去辦，不要來這裡辦。」

他鞠著躬送我離開辦公室。

我又回到老地方的大廳。

我根本不必看，看一下只是為證明我判斷正確。寇太太和跟她在一起、穿雙排釦灰西裝、不會笑的男人已經離開了。

我看自己的錶。

時間是三點四十五分。

沒有見到我的香菸女郎，所以我問一個僕役：「賣香菸的在嗎？」

「是的，先生，馬上來。」

一個女郎向我走來，大腿，圍裙，木盤，但不是她。

我又買了包香菸問：「另外一位呢？」

「碧蓮？喔，她今天早一小時下班。由我代她。」

兩桌之外我的女朋友不斷在看我。我走過去，沒要求跳舞，只是閒聊了一會。

我告訴她們，因為沒有扶養妻子和子女所以要被逮捕，我正設法交保，不知她們能不能幫點忙。

我看到她們很感興趣，但不知所措。僕役又過來，告訴女士們凌老闆的致意，問女士們要不要遷到我的桌上去，並說連她們這桌也不會收費，由老闆請客。問我們要不要開瓶香檳。

女士們瞪出眼睛，以為看到或聽到什麼了。其中一人說：「老天，你一定是溫莎公爵。」

她們都笑了。

我笑著對僕役說：「代我謝謝凌老闆，我感激他的盛意，我今天已喝得差不多了。也許你可以給我朋友來點酒，反正老闆請客，我實在有事要先走了。」

「是的，先生，沒有帳單，凌先生關照過了。」

「我知道了，不過小帳總是要的。」

他想了想，有點窘，但堅決地說：「請勿介意，最好不要了。」

我點點頭。向三個呆若木雞的女郎一鞠躬。走出大廳。

我在衣帽間拿回帽子，管衣帽間的女郎高興地接受我二毛錢的小帳。

我乘電梯下樓，儘量不引人注目地走向公司車。我對凱迪拉克大房車的主人估計錯誤了。他不但已把車開走，而且一定是用低檔把我的公司車一直向前推，空出位置，而後開走的。我的車現在停在大廈入口正前方。有一輛計程車現在在早先凱迪拉克的位置。

一位計程駕駛向我走來，他有一個被打扁了的破鼻子和菜花樣的耳朵。他問：「你的車？」

「是的。」

「還不快把它弄走。」

「別人把它推過來的，又不是我停在這裡的。」

他無禮地吼著。「我聽這種理由太多了，一毛不值。你把車停這裡，我只好讓客人那邊下，至少少給了我一元小帳，要你賠。」

他把手伸了出來。

我不理他伸出來的手：「你說你損失一元錢？」

「是。」

我伸手開公司車的門：「對不起，老兄，我補助你。」

「那差不多。」

我說：「我是稅務人員管所得稅。報稅的時候你自己扣掉一元錢說是我同意的。」我開動引擎。

他想吼，見到我的眼神，猶豫著。

我把車門重重帶上，開車離開。

四點二十三分，我回到辦公室。

第四章　十字路口

白莎正好五時前回來。她雙眼有光，兩頰紅紅的重重推開門，大步進入辦公室，向我看了一眼，一口氣說道：「唐諾，為什麼不他媽的到你自己辦公室去看報。」

「我看過報了。」

「那也該坐在你自己辦公室啃你自己的指甲。老叫你不要坐在外面，你分散愛茜做事的情緒。」

「她一直在打字打得蠻好。」我說：「再說，也到了下班時候了。」

白莎咆哮道：「我還是說你分散了她的注意力了，我打賭她打錯了很多字。」

她跨步到打字機前，看愛茜的最後幾張紙，伸出一隻指責的手指說：「看，橡皮擦過，又擦過，這裡——第三個地方。」

「那又怎麼樣？」我說：「橡皮公司派人到東到西在推銷橡皮，他們知道打字員偶然會打錯字。四頁紙上有三處打錯也不為過呀。」

「嘿！那是你在說，看看這些。」

她快快翻過桌上其他幾頁，沒有一頁有橡皮擦過的。

我看愛茜，她的兩頰正泛出紅暈。

「還自以為是個好偵探。」白莎咕嚕著：「進來。」

我想說什麼，但愛茜的眼神請求我不要，所以我跟了白莎進她私人辦公室。

「一塌糊塗。」白莎生氣地說。把桌上菸盒蓋用力打開，拿了一支菸。

「怎麼回事？把他們漏啦？」

「沒有，我看到他們沒錯。她是寇艾磊太太，開的是別克車，車也登記自己名字。和她在一起的男人是蘇百利，他就是蘇百利大廈的主人。他住在福祿大道三二七一號的福祿公寓。那是富麗堂皇，大廳裡有很多僕役和裝飾的地方，他開部凱迪拉克大房車。」

「我覺得你完成了很了不起的任務。白莎，出了什麼事？」

「什麼事！」白莎對我幾乎要叫喊了：「統統一團糟！」

「講呀，我在聽。」

白莎用力自制了一下，生氣著說：「老天知道怎麼回事。我想這是你的老毛病——你有毒。隨便什麼案子到你手，總不會平平安安結束的。總會出點毛病。」

我拿出一包在老地方買來的香菸，從裡面挖出一支。

白莎的手又伸向桌上的菸盒：「來，拿一支這裡的，上班時間抽的我都報公帳。」

我把香菸放進唇邊，把紙包放回口袋，擦根火柴說道：「我這個也是公帳的。」

「怎麼會？」

「我在老地方從香菸女郎那裡買來的。」

白莎想說什麼，又再想想沒說。

我把口袋中三包都拿出來，放在桌上。

白莎怒目看著三包菸說：「什麼鬼主意？」

「沒什麼。」我不在意地說：「這是我慣抽的牌子，而她有漂亮的腿，如此而已。」

白莎哽住在那裡，要說說不出。

「說呀。」我邀請地說。

「你混蛋，」白莎說：「你真的不知道你——使我血壓升高。」

我和她兩目相對：「又要拆夥？」

「不要！」她叫道。

「那就閉嘴。」我說。

我們對視了一下子，我給她一個轉向的機會。「跟蹤他們之後發生什麼了？」

白莎深深吸了一口菸，吐了，說：「我坐在車裡在大廈門口前等候。我等了五分多鐘，那兩個人出來。你形容已很清楚，像在魚缸中釣魚。

「他們在門口站了一下子就分手了。男人看看錶進了輛凱迪拉克。女的向街頭走去，我一定要做個選擇，我選男的。」

我點點頭說：「男的才是我們要的。」

白莎繼續說：「你把公司車硬頂在凱迪拉克的前面，這小子像開路機一樣把我們公司車鏟向前走，根本沒有意思一寸寸扭出來，叫我火冒三丈，要不是我有任務，早叫他好看。不過我會記住他。」

我沒說什麼。

白莎指責我說：「你不應該把公司車停那裡，是你硬把那大凱迪拉擠死在那裡的。」

我抽一口菸。

「所以，」白莎說：「我就跟蹤那凱迪。他向公園大道方向開得很快，然後他轉入公園大道。交通很擠。我突然發現有車緊跟著我，我仔細一看，是寇太太。」

我揚起眉毛。

「我把車向右到中線，目的分辨她是不是跟蹤我。她立即慢下來，讓其他車開到她前面去。她不想和凱迪太接近。原來她是在跟蹤自己的朋友，不要凱迪車發現她在後面。」

「你又怎麼做？」我問。

「比較有點困難，我只好乾脆轉向右線前進，我和寇太太的別克差不多平行，但不太看得到前面的凱迪，三條線上車都太多。」

「不錯，」我說：「做得對，除非他們正好向左轉彎。」

「就在這時，他左轉燈亮了。」白莎恨恨地說。

「你就跟不上了。」

白莎說：「閉嘴！我那麼笨呀。」

她一口一口短短的抽吐著香菸。她說道：「當我看他左轉燈一亮，我把車慢下希望後面輛車通過，我可以切進左側車道去轉彎。我後面在開車的是個暴牙腔的小掃把星，她不喜歡我開車的方式。我慢她也慢，又突然繞前和我並肩向我叫喊，好像為什麼不告訴她我決定在這地方停下來休假。而後猛加油衝了過去。」

「之後呢？」我問。

「之後，」白莎說：「她發現一切都只晚了一步。另一輛對面來車也在左轉。我相信那掃把星在撞上去半秒鐘之前，根本沒有看見那輛車。即使那時候她煞車多少還有點幫助。但是她車子太快了，她閃向右側希望躲開，但沒成功。」

「有人受傷了嗎？」

「男的沒有，和他在一起的女人昏過去了。他們把我完全阻住，百分之百動不了。後面車輛一部接一部，前面是撞得亂糟糟的兩部車。」

「這時蘇百利向左轉彎？」我問。

「別傻了。那十字路口交通阻塞到水洩不通。警察指揮了五分鐘才疏通。那個暴牙的掃把星把滾蛋的鬼車子留在我正前方，自己竟揮手找了一輛計程車逍遙地走了。」

「她沒有記下證人的姓名，也沒有看什麼人——」

白莎說：「她把姓名地址給撞車的另一輛車，她走到蘇百利的車旁，要了他的姓名地址，又找了其他的在場車子。她甚至來找我。那是交通堵住的時候。我也是經過她才知道蘇百利姓名地址的。」

「怎麼會？」

「現場亂得一團糟，進城的車一輛接一輛，一吋一吋前進，左轉過去是完全不可能的。蘇百利很規矩，他後面的車猛按喇叭。另外那輛撞車的車不敢移動車子，但他在記下所有車號。掃把星也跑去問姓名地址。我看到她記了蘇百利的名字在小本上，所以她來找我的時候，非但我沒有叫她滾她的，反而笑著說我的姓容易弄錯，還是我自己給她寫到小本子上去好一點。」

「她聽你了嗎？」

「完全照我說的做了。」白莎說：「她給我小記事本要我自己寫。我前面的一個名字是蘇百利，福祿大道三二七一號。我把筆在手中慢慢寫，所以姓名地址記得不會錯。之後我才給她寫下一個名字。」

「你自己的？」我問。

白莎怒氣沖沖說：「我會那麼傻，我早想好了一個名字，又寫了一個第一個跳進我腦子的地址。我交還她本子的時候倒不是假的笑了。之後我指揮我後面的車子後退，希望我能把車子退後。」

「又之後呢？」

「又之後，」她說：「我拚命和那些不願後退的車爭，他們說他們不願後退是因為後面的車不能後退。所有的人亂按喇叭使我大發脾氣。我就把車後退，和後面那車保險槓互相鎖住了，後面那混帳車靠太近了。交通警察過來給每個人亂指揮。那個引起整個事件的掃把星給了交通警察一個微笑，逮住了一輛左轉向夢地加路的計程車走了，就把她的車留在現場。」

「你做什麼呢？」

白莎說：「最後我只好站在我的保險槓上，另一個男人把他的保險槓向上抬，總算把車分開了。但是這時候——」

「那個女人有沒有弄到寇太太的名字？」

「當然，那是姓蘇的上面第二個名字。我能確定沒有錯。我沒去看她地址，因為反正我們知道的。我特別注意那男人是誰。」

「蘇百利有沒有見到寇太太的名字呢？」

「沒有，小冊子記事本中只有我一個人自己寫名字。其他名字都是她自己的筆跡。報名字的人看不到其他人名字。她寫名字後還寫下車牌號碼，你可以打賭我當然沒有給她寫我的車號。」

「你離開其他車自由之後又如何——直接回來了？」

「沒有，我考慮也許她是送蘇百利回家。所以我去了一次福祿大道三二七一號。我觀察了一下那個地方，發現公寓都用私用總機聯絡。我又等了一下，不見他們影子，我說去他的管他死活，就回來了。你做些什麼？」

我說：「我被凌記老地方一腳踢了出來。」

「調戲良家婦女？」

「不是。凌經理請我去，給我酒喝，叫我滾蛋，不准回去。」

「膽子那麼大？憑什麼？」

「他是對的，」我說：「他的生意是靠婦女到那裡去找點午後的刺激。有不少辦公的男人午餐後去那裡散散心、跳跳舞。一個私家偵探在那裡出現，等於一艘大遊艇上來了一個天花病人。」

「他怎會知道你是私家偵探呢？」

我說：「這一點最使我迷惑。他就知道。知道我姓名。知道我的一切。也知道你的一切。」

「他知道你在辦什麼案子嗎？」

我說：「我在想他會推理知道：那個呼叫寇太太的電話；而後沒有人接聽；時間上寇太太和蘇百利離開時，我正好被他請去喝酒，然後他們一離開，凌先生就突然結束我們的會談。很可能有什麼信號使他知道兩人已安然離去了。我想他們絕沒有想到你會在外面等他們，而──」

電話鈴響。

白莎拿起話機。我聽到卜愛茜的聲音傳過來，而後是另一個聲音。白莎溫和帶笑道：「是的，許小姐。我們很有進展。寇太太今天下午就是在老地方和蘇百利在一起。」

靜默了一陣，白莎說：「我讓你和唐諾說話，他就在這裡。」

她把話筒給我說：「許小姐要份報告。」

我拿起話機，許嬌雅說：「賴先生，除了柯太太告訴我的之外，你有沒有什麼消息要告訴我的？」

「大概有一點。」我說。

「是什麼？」

「你說現任的寇太太以前是斐伊瑪。她和寇先生相識是因為一件車禍而起？」

「沒有錯。」

「寇先生撞了她的車？」

「是的。」

「她人受傷了？」

「是的，脊髓神經傷害。」

「你認為她真有傷嗎？」

「好像X光照相及各種檢查都符合的。」

我說：「她也許是一年或更早以前，在另一次車禍中受這種傷的。假如我們可以證明這一點，對你有用嗎？」

她狂喜地說：「那還用說！」

「好，不要太激動。也不要自己做什麼業餘偵探，讓我們來替你處理。」

「你確定另外有一次車禍？」她問。

「沒有，當然不確定，只是一條線索。」

「你要多久才能查清楚？」

我說：「那要看我什麼時候能夠找到車禍中另外一個人。一個叫孔費律的人。還要看他說些什麼。」

「你要花多久來做這件事？」

「我不知道，我馬上就開始辦。」

她說：「我急著等你消息，賴先生。你們那邊有我電話號碼。有什麼事即刻打電話給我。請即刻打。」

「可以，我會讓你知道的。」我說，把電話掛斷。

突然之間白莎開始咯咯笑出來。

「什麼事那麼高興？」我問她。

白莎說：「我在想那小掃把，她開車經過我的時候氣人地責怪我，後來走回來想我給她做證人時，那副嬉皮笑臉的樣子。我又想到她回去整理那些人名地址。她要到我給她的地址，水簾洞路去找一個程咬金。」

第五章　香菸女郎

孔費律是一位五十餘歲男士，有一雙約顯疲乏的灰眼，以此為中心有不少小皺紋放射地散開來。口角也有很深的皺紋，但是下巴有很堅強的韻味。我對他的印象是慈祥、好心腸的人，不容易發怒，但是真弄火了就很執拗的。

對他我開門見山地請教他。我說：「你是孔費律，一個承包商。是斐伊瑪曾經告過的孔費律？」

那對疲乏的灰眼仔細看了我一下：「跟你有什麼相干？」

「我在調查那件案子。」

「調查什麼？案子早就解決了。」

「當然解決了，你有保險，是嗎？」

「是的。」

「你知不知道賠款是多少？」

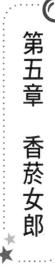

「我知道賠款數目，但是我不知道和什麼人在說話，也不知道你問話的目的。」

我給他一張名片。「賴唐納，」我說：「從柯賴二氏來的私家偵探，我們在調查這件案子。」

「為什麼人調查？」

「一位雇主。」

「為什麼？」

「我在調查斐伊瑪——這件案子的原告。」

「查她什麼？」

「我在查她受傷的性質和嚴重性。」

他說：「我想她是受傷沒問題。醫生診斷她受傷了，而且是兩方的醫生。不過，我總覺得這件案子不對勁。」

「怎麼呢？」

他抓抓他的頭。

我稍稍催他一下說：「從原告聲請書上我發現，是車禍發生十一個月之後，對方才提出來的。在這之前，難道一點也沒有通知你嗎？」

孔先生說：「沒有。那是因為那女人起先不知道自己受傷了，至少不認為有什麼嚴重。她是有一點疼痛，但慢慢加重起來。她去看醫生，醫生給點常用藥品，沒進一步研究。最後她去看一個專家，專家告訴她那是外傷的併發症——脊髓神經受傷。」

「牽涉到那次車禍？」

他點點頭。

「於是她找了律師，告你。」

他又點點頭。

「你的保險公司妥協賠錢？」

「是的。」

「是你建議妥協？」

「事實上，」孔說：「我是相當反對的，我不希望保險公司妥協——尤其不要他們賠大把的錢。」

「為什麼？」

「因為我覺得不是我的錯。」

「為什麼？」

「車禍就是這麼回事。我想她錯得比我多。我承認我是搶了要變的燈號，我也稍許險了一些，但是她也和我相同一樣錯誤。當然起先看來沒什麼大損害。兩個車頭燈，一兩根保險槓，我的車散熱器有了一個洞。她快速地從車中出來，我還有一點目瞪口呆，而她只是笑著說：『你看，你看，你不應該闖紅燈的。』」

「你當時說什麼呢？」

「我告訴她：『你看，你看，你過十字路口不應該時速四十哩的』。」

「之後呢？」我問。

「之後我們各人取了對方車號，交換名字，二、三個人前來看熱鬧也給我們建議，有人叫喊要我們快離開十字路口以免阻塞交通。就這樣，沒有別的了。」

「和她有什麼妥協嗎？」

「她沒有提出什麼帳單？」

「你也沒有向她提出帳單？」

「沒有，我一直在等，想會有什麼麻煩。但是沒有——老實說，她告我的時候我根本已經把這件事忘記了。」

「保險公司付了多少賠款？」

「我不知道他們准不准我告訴你。」

「為什麼？」

「那——那是因為——反正是一筆不少的數目，我想她真的有脊髓受傷。」

「我要知道多少錢。」

他說：「這樣好了，我等明天打電話給我保險公司，問他們有沒有顧忌。假如他們同意，我會電告你的辦公室告訴你是多少錢。」

「能不能告訴我哪一家保險公司給你保的險？」

他微笑搖搖頭：「我想我能告訴你的都說了——再多說不太妥了。」

我說：「這案子很有趣。」

孔說：「對我說來，你現在來調查才很有趣。你認為裡面有詐？」

我說：「不要自以為是，我也許只在調查她經濟能力。」

「好，我明白了。」他說：「我也要告訴你，賴先生，除非她亂花錢，否則任何合理的東西她都買得起，不會倒帳，保險公司的賠償足夠她花的了。」

「謝謝你，」我告訴他：「你明天請和他們聯絡，給我們辦公室一個電話，告訴我們賠償金的數目——假如他們不反對的話。」

「當然，沒問題。」

我們握手。我離開他家坐進公司車。正當我要發動起步的時候，我看到另一輛車拐到路邊，停在我車後面。

從那車中出來的年輕女郎是個細腰、豐臀，夠水準的。我看兩眼才認出她是誰。

她是凌記老地方的香菸女郎。她也去看孔費律！

我把引擎熄掉，點一支菸，坐在車中等。

我只等了五分鐘。

女的自孔家出來，拉開車門就坐了進去。

我自車中出來，用手抬起帽子，帶點誇張地在頭上搖動。

她等著，我就走過去在她車門邊站定，我說：「幹這一行也要有執照的，你知道嗎？」

「哪一行？」

「私家偵探。」

她臉紅了，說道：「你倒真是無所不在，無孔不入呀。」

「平平而已，尚須努力。實際上還差得遠。」

「怎麼說？」

「做私家偵探我還夠不上，笨得很。」

「我看起來你一點不笨。」

「真的你不知道我笨。」

「笨在哪裡？」

我說道：「法院已經下班了。」

「那怎麼樣？」

我說：「我以為我聰明。我調查了訟案登記，直到斐伊瑪在一件車禍受傷案中曾經是原告，得到了賠償。我以為我做了件聰明事。」

「是做得不錯呀。」

「做得不好。」

「為什麼？」

「因為我沒繼續查。」

「查什麼？」

我說：「我一查到她是一件訟案的原告，就抄下了被告姓名，原告律師姓名，就離開了。」

「你應該怎樣辦？」

「應該繼續找。」

「你說——」

「當然是這個意思。」我向她笑道：「我希望你聰明一點。」

「為什麼？」

我說：「我們可以交換情報，省得我明天再去法院。」

她說：「你真聰明。」

「我一直在告訴你——我笨。」

她說：「據我所知一共有四次訴訟，她做了四次原告。」

「都是用她自己名字？」

「當然，她不會那麼笨。」

「她的脊髓受傷到底怎樣來的？」

「我不知道。」

「你調查了多久了？」

「我——有一段時間了。」

「什麼目的？」

她說：「你未免問題太多了。」

我說：「你要隨我乘我的車？還是我隨你乘你的車？再不然你要我跟住你的車看你下一步做什麼？」

她想了一下說：「假如你要和我在一起，那就用我的車。」

我小心地繞她車子前面走向車的另一側，謹防她趁機突然把車開走。打開右側車門，坐到她身旁。我說：「小心點開車，別人開車我老是緊張得很。」

她猶豫了好一陣，接受了事實，她說：「你用撒隆巴斯——緊貼不放的方法，老是無往不利是嗎？」

我笑著道：「我說是，你會好受些，對嗎？」

「管你是不是。」她生氣地說。

「那就簡單了。」我告訴了她，不再開口。

過了一陣她說：「你到底要什麼？想到哪裡去？」

「是你在開車，」我告訴她：「而我要知道所有的真相。」

「像哪些呢？」

「你在老地方上班的時間是幾點到幾點？」

她驚奇地把頭轉向我，車在路上擺動，她把注意力回到路上說：「那麼許多想問我的。而你——」

我什麼也不說。

她說：「我十二點一刻到那裡，應該有時間換上衣服，或者可以說脫掉衣服——不管你怎麼說，反正十二點半開始工作。工作到四點正。而八點半又回去，工作到午夜。」

「你認識寇艾磊太太？」

「絕對的。」

「為什麼『絕對的』？」

「她是常客。」

「今天下午和她在一起的男人你認識嗎？」

「認識。」

「好。」我說：「我們開始來問獎金高的問題。為什麼你有興趣調查寇太太的過去？」

「只是好奇心而已。」

「你自己的好奇心，還是別人的好奇心？」

「自己的。」

「你對所有人都那麼好奇嗎？」

「不是。」

「為什麼對寇太太特別好奇呢？」

「我想知道她——她怎麼發起來的。」

「我們兩個最好不要玩電動木馬。」

「什麼意思？」

「我問你為什麼要調查她，你說好奇心。我問你為什麼好奇，你說要知道她怎麼發起來的。說來說去都沒什麼意義。我們換一種方法來問答。」

「我講的也是實情呀。」

「是的，我要知道的是好奇心後面的實情。」

她向前又開了一陣，大概在想要告訴我多少。突然說：「孔先生那邊你找出點什麼？」

我說：「我找他的時候他沒有起疑心。他還很感興趣，他答應打電話給保險公司，看能不能告訴我他們妥協的數目字。但我想你跟著就去訪問他。他一定起了疑心。」

「原來如此。」

「他告訴你什麼？」

「他問我住哪裡？什麼名字？我為什麼要知道。」

「你對他說謊了？」

「喔，當然。我告訴他我是女記者，為某一種特定車禍傷害找資料。」

「他當然會問你哪家報社？」

她臉紅了說：「是。」

「他打電話要問？」

「你偷看到了？」

「他打了沒有？」

「打了。」

「所以你就離開了？」

她點點頭。

我說：「算了，給你打草驚蛇了，要不是你這麼一搗亂，很可能明天他真會告訴我他們妥協的數目。」

「這就是你到這裡來的目的？」她問。

「是的，妥協時賠多少錢。」

她做了一個小小得意的姿態。「妥協時的數目，」她說：「是一萬七千八百七十五元。」

現在輪到我驚奇了：「那麼你來這裡想要得到什麼呢？」

「當然是受傷X光照片的複印本。」

我想了一陣子說：「我對不起，我實在是笨。我確是才知道還有其他訟案，所以腦子一下轉不過來——可以說是不切實際。」

「保險公司會有什麼反應？」她問。

「他們可能各自分開做一些調查工作。」我說。

勝利的獰笑掠過她面孔，她說：「他們要是動作快一點，就很好玩了。」

我說：「好奇心的事，你還沒有解釋呢。」

「好，」她說：「你說你自己笨，我看一點也不見得。寇太太想買下蘇百利大廈，也想買下蘇老頭不再找她麻煩。」

我點點頭。

她說：「那麼！用點你的腦子。」

「是不是凌記老地方的房租契約有毛病了？」

「大概吧。」

「一旦房屋買賣成交，房租就自動到期了？」

「九十天之內。」

「你是替凌弼美在工作——捉住他小辮子，不使他買大房子。」

「有點差不多。」

「你和凌弼美又是什麼關係？」

「你說笑。」

「你認為是，就算笑話。」

她說：「凌弼美除了生意上，其他對我並不重要。老實說這件事與你無關，但我還是告訴你。凌記老地方裡面那個衣帽間，香菸雪茄攤是屬於我個人包下的。」

「你有必要自己來工作嗎？」我問。

「為了錢的理由，並不一定要自己工作。但是你有了這個生意，最好是親身自己參加在裡面。」

「你不在乎——工作時的情況。」

「你說那制服？別傻了，我有一雙漂亮的腿，有人要看，就給他們看，又不少一塊肉。」

「你的意思是一旦寇太太買下大廈，凌弼美不是搬家，就是要重新和新主人簽約，所以你也跟著倒楣，不是掉了收入，就是增加房租？」

「大致不錯。」

「凌弼美知道寇伊瑪過去的醜事，讓你來查清楚，是嗎？」

她躊躇了兩秒鐘說：「我們不談凌先生。」

我聽從她，又問：「你說寇伊瑪以前搞過這種把戲？」

「好多次。」

「在哪些地方？」

「一次在這裡，一次在舊金山，一次在內華達州，一次在內布拉斯加州。」

「每次都用她自己名字？你能確定？」

「是的。」

「你從哪裡得來的消息？」

她搖她的頭。

我說：「多半是凌弼美給你的。那個你剛才去拜訪的人叫什麼名字？」

她猶豫地說：「孔——孔什麼利的。」

我搖搖頭：「孔費律。」

「對，就是這名字。」

「你記得不太清楚，是嗎？」

「我對記名字不太能幹。」

「換句話說，這個名字在你腦中尚不久。」

「何以見得？」

「否則你就記清楚了。」

「我只是對記姓名特別差。」

「說起姓名——」我故意停下。

「你要我的本名，還是藝名？」

「你的本名。」我說。

「我就這樣猜。」

「肯告訴我嗎？」

「不可以。」

「藝名呢？」

她把車頭燈開亮說：「碧蓮。我甚至還有個『藝姓』，姓魯，魯碧蓮。」

「很好的名字，」我說：「可以上舞台，有一天你會紅的。」

我們大家不開口，大家在想著。

「香菸？」我問。

「不要。」她說。過了一下又加一句：「開車我不吸菸。」

我舒服地向後靠著，放一臂在椅背上。點著了菸。

我們慢慢開了十幾條街，她突然決定目標踩上油門。

「決定了？」

「決定什麼？」

「我們要到什麼地方去？」

「我本來就知道——我，要到那裡去。」

「哪裡？」

「回公寓換衣服。」

「你特別加重『我』，當然是說，到了『你』公寓門口我就該滾了。」

「你要我怎樣處理你？」她說：「領養你，還是招你做女婿？」

我笑了。

「不要以為我對你有惡意。」她說。

我沒有說什麼。

她轉頭向我，要說什麼，又停住了。

過了三四分鐘，她把車停靠路邊說：「很高興碰到你。」

我說：「不必客氣，我在車上等你好了。」

「那你有得等了。」

「沒有關係。」

「你要等什麼呢？」

「等著聽你解釋為什麼你對寇太太有好奇心？」

「好！」她生氣地說：「你就坐著等吧！」

她盛怒地離開車子從車後走向人行道，自皮包中拿出鑰匙，打開車旁公寓大門，走了過去。

我小心不轉動我的頭，完全用眼角來觀察。我可以看到她走了兩步就停在門廳的暗淡光線中。她站在那裡一分鐘——兩分鐘。而後又消失在陰影中。

三分鐘後，大門打開。她連逃帶跑地自大門出來跑向車子，身上包著一件毛皮大衣，一隻手抓緊了大衣前面的開口。

我走出車，繞過車頭，有禮貌地替她開車門。

冷冷的手指抓住我的手腕：「來，」她輕輕沙啞地說：「請快點跟我進來，快。」

我正想問她為什麼。但是看到她臉，改變了主意，一句話不說，跟了她就走。

大門經彈簧的作用，已自己鎖住。她右手裡抓著那門的鑰匙，左手緊抓大衣包在身上。

她打開公寓大門進入門廳。門廳比起走道或玄關大不了多少。爬三級階梯，走過一條舖有地毯的走道，進入一架自動電梯，搖搖擺擺地上了四樓。

她在走道前引路，停在左側的一扇門前。再用鑰匙開門。所有燈光都亮著。是一套總共有三房的公寓——連小廚房也算一個房。房子靠街，比較值錢。

她的皮包，手套及不久前穿在身上的夾克，都在客廳的一張桌子上。桌子上有個菸灰缸，一支香菸抽了一半在缸裡。經過一扇大開著的門，我可以看到臥室的部分。在床上拋著她剛才穿的襯衣及短上裝。

她一面跟著我的眼光看我看的方向，一面仍是沙啞地輕聲說：「我正在脫衣服——準備洗個澡。我只好隨便找點東西把自己遮蓋起來。」

我又對她身上的毛皮大衣看了一眼。

緊抓毛皮大衣的手，使大衣皺起了一角，自此向內望是粉紅的裸身。

「其他穿的呢？」

她不發一言，經臥室來到浴室門口，她停了下來。

「幫幫忙。」她說：「你來。」

我打開門，向裡面看。

浴室燈沒有關，亮著。

今天下午，和寇太太一起出現在凌記老地方那位男士的屍體，躺在浴盆中。膝蓋彎起近胸部，頭靠在浴盆較深的一側，眼有三分之二閉著，下頷軟軟下垂使嘴巴半張著。

我形式上還是叫女郎退開一點，伸手摸了一下他的脈搏。

蘇百利早已死透了。

即使是死了，他臉上還是一副精於計算的神氣。他可能到陰間去查帳了。

「他——死了嗎？」她在門口問。

「死了。」我說。

第六章　浴室裡的屍體

我們退回臥室，她精神緊張地抖顫著。

我說：「坐下來，我們先要談一談。」

「我什麼也不知道。」她說：「你也知道，我一直不在這裡，所以——」

我說：「我們不談這一點，先從事實開始，怎麼發生的？」

「我已經告訴過你。我進這裡，正在開始脫衣服。我走進浴室，打開燈，就——看——看到——」

「燈是你打開的？」我問。

「是的。」

「你確定本來不是開著的？」

「不是，是我打開的燈。而後我見到他——我立即回頭，抓起了第一件能遮得住我的東西，跑下來找你。」

「相當驚慌？」

「什麼意思？」

「問你是不是很怕？」

「當然。」

「你不知道他在這裡？」

「不，我——」

「再去看一下。」

「我——」

「去，再去看一下。」

我把她推向浴室門口。她抓住門緣，毛皮大衣掉落下來。她只穿著胸罩，內褲和發亮的深色絲襪。她短短驚叫一聲，仍靠在門上，沒理會掉落的大衣。我說：「再看一眼。」

她說：「要我看什麼？還不是一個死人在浴室裡？」

她掙脫我的手，急急回進臥室。

我小心地關上浴室的門：「電話在哪裡？」

「就在這裡。」

「喔，是的。」我說。我坐下來，自口袋中拿出一包今天下午她賣給我菸中的一包，把一支菸抖出三分之一來。伸向前給她。問道：「來一支？」

「不要，我——」

我把香菸抽出來，把它在大拇指甲上敲了敲，放到唇中，點了火，向椅後一靠。

「電話，」她說：「就在這裡。」

我點點頭。

「你不是要報警嗎？」

「還不是時候。」

「為什麼？」

「我在等。」

「等什麼？」

「等你想妥一個好一點的故事。」

「什麼意思？」

「警察不會相信你說的故事，這對——你來說，不太好。」

她突然變怒道：「你是什麼意思？」

我吸了一口菸，慢慢向外吐出。

她威脅道：「你不報警的話，我來報。」

桌上有雜誌，我拿起一本，把背往椅後一靠，開始翻頁，看著上面的圖片說：「請吧。」

靜默了十至十五秒鐘，她開始走向電話，她說：「我絕不騙你，要是你不報警，我就報。」

我繼續翻雜誌。

她拿起話機，開始要撥號，回過頭來看我，而後又把話機一下摔回。說：「我的故事有什麼問題？」

「二、三點破綻。」

「喔？」

「有一件破綻，」我說：「警察一定會知道，其他不見得。」

「警察會知道哪一點？」

「可以證明你說謊的那一點。」

「我不喜歡你說話的態度。」

「我也不喜歡一定要用這種態度來對你。」

「好，你喜歡表現聰明，你說我有什麼破綻？」

我用手指了一下在桌上她的皮包。

「又如何？」

「你的鑰匙在皮包裡。」

「當然。」

「你有多少鑰匙？」

她給我看她的皮製鑰匙包，外面有拉鏈，裡面有四個鑰匙。

我說：「你看，你回來的時候，你在樓下把鑰匙袋拿出來，你打開拉鏈，選出你公寓的鑰匙。我想這把鑰匙是開臨街大門的？」

她點點頭。

我說：「你為了要開自己公寓門，你把鑰匙留在手上。你上樓，進了公寓，而後做什麼？」

「我告訴過你我開始脫衣，準備——」

我說：「習慣動作你當然先把鑰匙包拉鏈拉起，把鑰匙包拋回皮包裡。」

「當——當然。我是這樣做了。老天，我不必把每一部分細節給你報告徹底。我把鑰匙包放回皮包。把皮包放桌子上。我走進臥室。我打開臥室燈。我脫去上衣。我向浴室走去。我打開浴室的門。我——」

「說下去呀！」

「我打開燈，發現這個人，我都沒有多看一眼，我跑下樓——」

「你知道他已經死了嗎？」

「不，當然不，至少我不能確定。我認為他可能在等我。」

「來傷害你？」

「是，有這個可能，或是——」

我說：「你的職業，工作的地點，有人會動你腦筋？」

「別傻了，漂亮女人不論什麼職業，什麼工作地點，都有人動腦筋。」

「大多數男人會想你比較容易，因為你跑來跑去展示大腿。」

「會這樣想，不必太怪他們。」

「他們跟你回公寓？」

「有。」

「他們和你約會？」

「有。」

「你怎麼知道浴室裡的傢伙不是來找你拚命的？」

「我不知道。」

「那你想我要是開門進去，很可能那傢伙給我一刀子。」

「有可能。」

「但是你沒警告我。」

「我要你看到——我看到的樣子。」

我搖我的頭：「你是知道他死了。」

「這就是你所謂我故事中的破綻？」

「不是。」

「哪是什麼？」

「你的鑰匙和皮包。」

「怎樣？」

我說：「依據你說的，你是很驚慌。你身上只有胸罩短褲。你抓起一件大衣，把自己包住，跑下去叫我。這和事實大有出入。假如你把鑰匙放回皮包，把皮包放在桌上，而你真是非常驚慌的話，你當然不會停下來，打開皮包，拿出鑰匙，把皮包放回桌上，再跑下來找我。你一定會連皮包一起抓起，到樓下回去時再找鑰匙。」

「所以你說有問題？」她輕蔑地說。

「是的。」我平靜地說：「你下樓時手中帶著鑰匙，表示你準備好回去時使用。」

「當然我知道我進大門要用鑰匙，回自己公寓要用鑰匙，兩扇門都是彈簧鎖會自動鎖住的。」

我說：「因為你知道你還要用到鑰匙，所以你進門後拿在手裡，你把皮包拋到桌上，鑰匙還在手中。你把鑰匙帶進臥室，把鑰匙拋在床上，脫去上衣，脫去襯衫，把自己包在大衣裡，把頭伸進浴室確定死人仍在那裡。抓起鑰匙就往下跑。」

「胡說八道！」她不屑地又再拿起話機正經地說：「現在我真要報警了。」

我說：「在那軟軟的枕頭上，你可以看到你拋下鑰匙時，鑰匙停留在什麼地方。」

「這——」她放下話機自椅上跳起，衝進臥室門，向裡看了一眼，走出門來嘲笑地說：「多聰明一個私家偵探。床上有床罩，連枕頭都罩住的。即使我把鑰匙拋在枕頭上，那麼厚的床罩上也留不下痕跡來。」

「我知道。」

「那為什麼說我枕頭上有痕跡？」

我說：「假如你說的是實話，鑰匙始終在皮包裡，你就不會急急的進去看你的枕頭了。」

她想了一回，又坐下。

我說：「這是警察一定會想到的。我自己還看到別的不能符合的地方。你很希望我看到你大衣裡面只有極少的內衣，表示你出來得很匆忙。你突然找到了寇太太的毛病，必要時用來對付她太有用了。不斷的興奮使你自孔家出來時連排檔都吃不進。我的正確推理：你下午回家，脫去衣服，走進浴室，看到蘇百利的屍體在浴盆裡。你確定他已死了，冷靜地坐下思考了一陣，吸掉了那半支菸——看那菸灰缸裡有半支抽過的菸，尾巴上還有口紅——你穿回衣服，又出去了，臨走仔細地看過沒有留下一點證據，證明你曾經回來發現過屍體。你忽視了那香菸頭。」

「於是你急匆匆的去看孔費律。你發現我曾到過他家，把你計畫破壞了。我又正好在門外等你，使你更不知所措。你拖時間研究問題，你要找一個證人，證明你完全無備情況下回家，發現那玩意兒在你浴盆裡。假如沒有我，你會隨便帶一個人和你回去的。既然有我，也不會比其他人差，可以做你的證人。我會更認真，更有力地告訴警察，使警察相信。所以我就入選。你拿鑰匙進大門，進公寓門。你把鑰匙放在床上，把皮包放在客廳桌上故意沒關上。你把衣服脫去，拿件大衣圍上，匆匆再看一眼，跑下來跟我演戲。你以為我會入彀？電話報警——說你只上來三分鐘不到，而——」

她厭煩地看看我：「好吧，你到底要我告訴你什麼？先拿支菸來。」

我給她一支菸，說道：「我要事情的真相。」

「好吧。大概就像你說的那樣。我沒想到鑰匙還有那麼多學問。」

「你出去看孔費律之前，發現了那屍體？」

「是的。」

「知道他是誰？」

「當然。」

「知道他死了？」

「是的。」

「而後呢？」

「當然我認為寇太太想嫁禍於我。他跟她在一起。現在他在我公寓裡——死的。我覺得不是味道。我又想了想，沒有人知道我回過公寓。我決定出去，先把寇太太的把柄找到，再去找她和她攤牌。再不然找個證人，可以給我做不在場證明。這時候你從天而降，起先我非常討厭你湊什麼熱鬧，最後決定你是天賜的好證人。」

我說：「請恕我有問題直接問。」

「什麼問題？」

我用頭向浴室比了比：「他以前來過這裡嗎？」

她看著我說：「來過。」

「什麼關係？」

「主要是來問我凌記老地方生意好不好。可不可能請凌先生加房租。」

「沒有非分要求？」

「當然他試過，而且試過不止一次，知道我沒有這意思就不再試了。」

「你有沒有把老地方營業情況告訴他？」

「什麼也沒有洩漏。」

我說：「我們再去看一下屍體。」

「我們不應該觸碰任何東西，應該先——」

「是不應該。」我說。

我們又走進臥室來到浴室。她現在已經非常鎮靜，一點也不驚慌。

我儘量不碰到任何東西，仔細地觀察著屍體。很明顯他是被人用個重物打擊在左太陽穴，顱骨骨折而死亡的。被擊處留有長方型頭骨凹下的印子。我伸手到他外套右側裡面口袋拿出一個皮夾。皮夾裡有鈔票，好多好多鈔票。左邊口袋裡有本記事本。首頁上寫著：「蘇百利，福祿大道三二七一號。緊急通知人：蘇有契，麻老老街九六三號。本人血型A型」。我合上記事本。把皮包和記事本放回去。

屍體左手腕上帶了隻昂貴的手錶。我看錶上時間。

五點三十七分。

我看我自己的錶。

六點三十七分。

我向後退出浴室，好像裡面有痲瘋。

「怎麼回事？」她問：「錶有什麼不對？」

「沒什麼。」我說，帶她到客廳：「我們來報警。」

第七章　職業性的裝假病專家

無線電巡邏車上下來的兩位警官，目的是維持現場等候兇殺組到來偵查。他們只問了幾個簡單的基本問題。兇殺組隨後來到，我們也把過程說明了。大家無事可做有一個小時，兇殺組來了宓善樓警官。他的帽子在腦後。一根濕濕的雪茄，一半已咬成掃帚樣，掛在嘴的一側。

「哈囉，唐諾。」他說，「能見你回來真他媽的高興，啊？」

我們握手，把女郎介紹給他。

他們早已把我們說的速記打好字。宓警官顯然已經有了一個副本，而且前來之前已經研究過了。

他說：「運氣不好，你要回來。而且一出洞就鑽進謀殺案裡去。據我知道，你是在辦一件案子。」

我沒回答。

他把頭向魯碧蓮歪了一歪。問道：「公事還是私交？」

我說：「老實說都有一點點。請不要見報，更不要告訴白莎。」

他兩眼瞪視了魯碧蓮一下說：「照我瞭解，她把車停在門前，上樓來換衣服。」

「是的。」她低聲回答著。

「你們兩位準備出去吃飯？」

我點點頭。

「她對你還不太熟，所以沒有邀請你上樓？」宓善樓說：「她也不想讓你久等，所以她有點快動作？」

魯碧蓮用神經質的笑聲說：「我一面走一面脫衣，我站在臥室門口，發現——那玩意兒。」

「你進來之後鑰匙怎麼處理啦？」

「把它放回皮包。」她說：「皮包拋在桌上。」

「你逃出去的時候，做了什麼？把鑰匙從皮包中拿出來嗎？」

她平靜地看著他的眼說：「沒有，我一把抓住了皮包。塞在我腋下，跑出這地方。我找到唐諾和我一起回來時，我打開皮包，拿出鑰匙來開門。」

宓警官鬆了一口氣：「好，你們兩個，暫時到此為止。以後也許還有問題請教，你們現在去吃飯還不太晚。」

「謝謝你，宓警官。」我說。

「白莎最近怎麼樣？」

「永遠老樣子。」我說。

「好久沒有見她了。既然你回來了，看樣子見面機會要加多了。」

他不懷好意地笑著。

魯碧蓮說：「這裡的檢查──也都完了嗎？」

「還沒有，」宓善樓說：「不要耽心，一切沒問題。你有鑰匙嗎？」

「有。」

「那走吧，好好吃頓晚飯。」

宓善樓站在門口，看我們走下走道，走到電梯口。

「好了。」魯碧蓮歎氣道：「現在怎麼辦？」我們走進電梯。

我一面按底樓的鈕一面說：「不要說話。」

電梯停住，一位站崗的便衣警察經過我們，點了下頭。一位便衣在門口守著。

魯碧蓮的車就停在原來位置上。方向盤及門把手上有白色粉末，是警方檢查指紋的結果。其他就和我們離開時沒有兩樣。

沒說一句話，我把車門打開。她一扭水腰，臉上充滿笑容，坐到了駕駛盤後面。我跟進坐在她身旁，把車門關上。

我們自路旁把車開向馬路。

「怎麼樣，傻瓜？」她說。

我什麼也沒有回答。

「是你自己往裡面跳的。」她說：「你現在跟我一樣混在裡面，你也沒有我什麼把柄了。隨便你說我什麼，你先倒楣。」

「那又怎麼樣？」

「唉呀！」她說：「我給你點方便，把你帶到你停車的地方。當然還要看你乖不乖。要是不乖，就半路放鴿子，叫你下車。」

「好狠的心腸。不要忘了我自己跳進泥潭，才救過你。」

「所以我叫你傻瓜。」

我把自己靠到車座背上，拿出香菸，搖出一支：「香菸？」我問她。

「開車時我不吸菸。」

我自己點著一支。看著她的側面。

她眼睛很快地眨了幾下，我看到眼淚自她面額流下。

「怎麼回事？」

她稍稍有點不能專心地駕車，但車速明顯在加快。

「沒什麼。」

我繼續吸菸。

她轉了個彎。我看到她是開向蘇百利大廈要去凌記老地方的樣子。

「改變意見啦？不預備帶我去拿我的車了。」

「是的。」

「為什麼哭了？」

她把車靠向路邊。一腳把車煞停。摸索著自皮包中拿出紙巾擦眼：「你使我受不了。」

「為什麼？」

「我要看你想做什麼，我罵你傻瓜就為的要看你要想做什麼。」

「就算是吧。」

「什麼反應也沒有，你可惡。你以為我真那麼壞，你以為我真沒有良心，你以為我就是這種忘恩負義的小人？」

「你自己在這樣說。」

「你應該知道我是在試試你的心。」

我看著她把眼淚的痕跡擦去，她說：「有人對我那麼好，我要這樣對他還算人嗎？隨便什麼人都不肯這樣幫我忙，除非特別要我給他做什麼事。而且一定要立即兌現。」

我還是什麼也不說。

她向我看了一眼，仍在傷心生氣。把皮包關上，重新坐好姿勢，賭氣地開始駕駛。

我們在蘇百利大廈前停下車來。

我說：「凌弼美不喜歡我。」

「你不必進去，我要去報告。你在這裡等好了。」

「之後呢？」

「之後我帶你去你停車的地方。」

我想了下：「你會告訴凌弼美。你報警時我在身邊？」

「是的，我別無選擇。」

我說：「你上去吧。要是不太久，我會等的。假如太久的話，我會找計程車。你最好把引擎熄火。」

她看了我一下，把引擎熄火：「我還是恨你。」

我等她一進去，就離開她車想找部計程車。假如我站到計程車候車處去，當然不要十秒鐘就有車坐。但是我沒有這樣做，在原地等了十分鐘我向街頭走去，我走了五條街，找到了一輛計程車。

我坐進計程車，把孔費律的地址告訴駕駛，那是我停車的所在。我付了計程車錢，把公司車發動，開回辦公室。

辦公室全黑已沒有人。

我打電話到白莎公寓，沒有人接。我在黑暗中坐著，慢慢地想。

大概十分鐘之後，我聽到走道上重重的腳步聲。鑰匙開我們門的聲音。門打開，白莎走了進來。

「你小子哪裡去了？」她問道。

「去了不少地方。」

她怒目地看著我賭氣不說話。

「用過晚餐了嗎？」我問。

「是。」

「我還沒有。」

白莎把自己拋在一張椅子裡：「時間一到我一定要吃，我身體重，需要更多能量才能動。」

我從包中拿出最後一支香菸，把紙盒搓成一團，拋在菸灰缸裡。

「白莎，我們又掉進謀殺案裡去了。」

「謀殺案！」

我點點頭。

白莎問：「什麼人給幹掉了？」

「蘇百利。」

「什麼地方？怎麼死的？為什麼？」

我說：「地點是老地方香菸女郎魯碧蓮的公寓裡。死法很原始也簡單有效。重重一擊在太陽穴上。這一下我們的案子又複雜了。」

「你看是怎麼回事？」

「要不是那人知道得太多，就是——」

「就是什麼？」我停下時白莎急急問：「說下去。」

「就是他知道得太少。」

白莎生氣地叫道：「你在做外交演說，還是新聞報導？說了等於沒有說。」

我致全力於吸菸。

過了一分鐘，白莎說：「你真會把我們偵探社拖進亂七八糟的情況去。」

「我沒有把我們拖進去。」我說。

「你以為沒有，但是反正我們是拖進去了。我就知道只要你一參加，案子就不會順順利利，只是件調查一個背景的常規案件。你也沒有找到任何對我們雇主有利的證據。你——」

「我一開始出馬調查的時候，」我說。「我已經發現了對我們雇主最有利的事了——有關寇太太的事。」

「她怎樣？」

我說：「她是個職業性的裝假病專家。」

「你已經有證據了嗎？」

「有些只是聽說，尚未來得及求證。有一件斐伊瑪告孔費律的案子是確實的。我瞭解在舊金山，在內華達還有其他訟案。」

「傷是真的還是假的？」

「是真的，弄假傷太危險了。傷是絕對真的，也許是第一次車禍造成的。她發現領保險金非常容易，而且覺得比為生活而工作好得多。所以她選不同的地點，在合適的機會下，再來這麼一下。她告訴保險代理她只是小小的震動了一下，實在沒什麼，她一毛賠償也不要。然後隔了幾個月，她去找醫生說出這些症狀，又回想起曾經有過車禍，還說要不是醫生問起，她根本已經忘了。醫生給她介紹律師，於是就熱鬧起來。」

「為什麼保險公司要賠她呢？」

「他們不能不賠，她等到相當久，但不超過可以告訴的限期。X光可以照出她曾有受傷。她是一個漂亮的女人。她會吸引陪審團的同情。保險公司一看就瞭解，最好方法就是私下解決。不要弄上法庭。嘉蘭法律事務所代理她最後一件訟案。」

「那麼這次又為什麼放棄了？」

「想來是怕危險性太高了。她已經幹了太多次了。保險公司之間也有某種消息互通的方法。當然她製造車禍不可能幫助她選擇夫婿，因為她沒有辦法控制對方是男是女，是長是幼。但是當寇先生的車正好和她相撞時——寇先生正是這種年齡女人心目中的理想對象，所以她就改變了方針。」

白莎說：「我看我們對雇主已經做了足值兩百元的工作了。再拖它兩天，把那些其他訴訟的記錄也給找到，把所有的資料都交給許嬌雅小姐。許小姐愛怎樣去對付寇太太都不關我們屁事。我們撤退，我們不要混進謀殺案去。喔，唐諾，你不會已經混進去了吧？好人。」

「沒有呀！」

「我有點想你已經混進去了。」

「怎麼會這樣想呢？」

「你說你『沒有』的樣子。是不是裡面又有了女人？」

「謀殺案裡面沒有女人。是發生在一個女人公寓裡的。」

「你說是香菸女郎？」

「是的。」

「那個賣了三包菸給你的香菸女郎？」

「就是她。」

「喔！」白莎用鼻音重重地說著。突然轉過來，發火的眼光對著我說：「大腿？」

「當然。」

「我說呢——漂亮？」

「非常漂亮。」

「嘿，就知道。」白莎說。過了一會又加一句：「你聽我說，賴唐諾，你給我離開這謀殺遠遠的，不要——」

辦公室門外響起敲門聲。

我對白莎說：「不要開門，不管是誰，告訴他下班了。」

白莎說：「別亂講，說不定是帶了鈔票來的顧客。」

我說：「我從玻璃上已經看出是個女人影子了。」

「那好，可能是個帶了鈔票來的女人。」

白莎大步走向門口，打開門門把門一下拉開。

一個年輕女郎站在門外，露出笑容，看著白莎。

她看起就像百萬現鈔，一件高級的毛皮大衣。領子高高向上包住她整個後脖及雙頰。她本身就帶著豪華消費的味道，是白莎所謂帶著鈔票來的雇主。

白莎的態度溶化得像一塊巧克力糖到了小孩的手中。「請進，」她說：「請進！我們雖然已經下班了，既然你來了，我們要請你進來。」

「我能請教你尊性大名嗎？」我們的訪客問。

我看到白莎雙眉蹙起，好像她見過這位女士，或是在研究什麼地方見過。

「我是柯白莎。」白莎說：「本偵探社的資深合夥人。這位是賴唐諾，我的合夥人。小姐，你是——」

「魏，」年輕女郎微笑著說：「魏妍素小姐。」

「喔，是的，是的。」白莎說。

「柯太太。我要找你談談有關——」

「講呀。」白莎說：「就在這裡，沒關係。賴先生和我自己都能為你服務。任何我們可以——」

魏小姐把她藍色大眼睛看著我。她的嘴唇自她突出的牙齒向後拉，顯出十分感激的樣子。她笑的時候上唇上翻，人中特別短，蓋不住上面一排牙齒。

於是白莎認識她了：「好小子！你是開車的那個女人。」

「當然，是的，柯太太。我以為你認識我。我找你找得好苦。你記得你給我一個程咬金的名字。」說著她把頭向後一抬，整個燈光照著她一嘴的馬牙。

白莎望著我，一臉墮入圈套，激怒，無助的樣子。

我問道：「魏小姐，有關這件車禍，是不是責任尚待鑑定？」

她說：「這是避重就輕的說法。」

「不是沒有什麼嚴重損害嗎？」白莎控制地說。

「那是避重就輕的形容法。」

「你是什麼意思？」白莎法問道。

她說：「另外一輛車是由一位路理野先生所駕駛，他的太太也在車裡。」

「但是車子沒有太大的損害，是嗎？」

「不是車子。」魏小姐解釋：「是路太太。她說她精神受了極大的震驚。她已經住院由醫生來照拂，一切由她先生代為發言。她先生請了律師。」

「律師！」白莎叫道：「那麼快！」

「一個律師事務所，據說專門打車禍官司的，叫做嘉蘭法律事務所。是醫生介紹給他們的。」

我向白莎望一眼，看她對名字有沒有反應。

「沒有。」

「嘉——什麼事務所？」我問。

「嘉蘭，蘭花的蘭。嘉蘭法律事務所。」

我再看看白莎，慢慢把右眼閉起。

「嘿！」白莎說。

「我希望你能幫我脫罪。」

「怎麼幫忙法？」

「講老實話。」

「這不過是件常見的普通車禍。」白莎不安地向我望望。

「但是你知道我是開得很慢。你知道有二三條街了，我一直開在你後面。你知道你慢下來幾乎慢到蝸牛在走路了，我才繞過你——」

「我一點也不知道這些事。」白莎說。

「還有，」魏小姐勝算地說：「我們要你出面做證人的時候，你給了個假名字，想逃避刑責。那有什麼用呢，柯太太？我早就記下你車號了。我這樣做不過因為我看到路先生在抄所有附近車子的車號。其實我不抄下來，別人還是會把你列為證人的。所以你不是幫這邊，就是一定要幫那邊。你一定先要有個主意，哪部車不對。」

白莎說：「我不必先要有個主意。我兩邊都不幫。」

我問魏小姐：「還有其他證人吧？」

「有的。」

「是些什麼人呢？」

「很多。一位蘇百利先生。一位寇太太，二、三位其他的人。」

我對白莎說：「這倒會很有趣，很有趣，——讓寇太太站在證人席上，看她要說些什麼？」

白莎的下巴向前一翹，她說：「我至少能告訴你一件事。對面來向左轉的那輛車飛得像蝙蝠出洞一樣快。他看到蘇百利的車也要左轉，他想正是他衝破其他擁擠把自己車突然左轉的好機會。」

魏小姐點點頭說：「這時路權是我的。是我先開上交叉路口。我在他右邊。他來自我左方。我有各種理由應該前進。是我的路權，你知道的。」

白莎點點頭。

「何況，」魏小姐成功地說：「我根本沒有撞到他。撞上來的是他。你可以從車的痕跡來看，是他撞上我的車。」

白莎突然很友好起來：「好了，我要是你，我一點也不耽心。那個人在通過十字路口，明顯超速。那位路太太，我看是想敲竹槓。」

魏妍素很感動地把手伸向柯白莎：「柯太太，你能有這種看法，我真高興。你也不必怕因為做證人而損失了你寶貴的時間。當然我不能作任何允諾，這看起來像出錢請你去做證人。但是我非常明白，你是個職業女性，所以因為這件事，假如占去了你的時間——」她笑得甜甜的：「你知道我做生意從不叫人吃虧。」

我突然問出來：「你車有保險嗎？」

魏小姐笑出來：「我以為我有。但是我沒有。我是疏忽了一點。好了，柯太太，我非常非常謝謝你。你放心——我不能多講，但是——」

她有意思地笑笑，而後向我們道晚安。

白莎在她走後還在嗅著室內的空氣。「這香水，」她說：「至少五十元一兩。

你有沒有注意到那貂皮大衣？在我們這一行有一件事十分重要，唐諾，你要學一學，在有錢的階層裡建立基礎。」

我說：「我認為她是一個長臉，馬齒，突眼的掃把星——」

白莎一本正經地說：「她現在看起來不同了。」

第八章　鏡框裡的照片

我找的地址，發現是一幢老式的五層公寓，沒有看守的人，前門有彈簧鎖鎖著，有一排小小的名牌，每個名牌邊上有一個按鈕。

我找出蘇有契的名牌，按邊上的鈕。過了一會，一個聲音說：「什麼事？」

我說：「是不是蘇有契先生？」

「什麼人找他？」

「我姓賴。」

「有什麼事？」

「你猜猜看。」

「記者？」

「差不多。」

蜂鳴聲響，我推門過去。

蘇有契的公寓是五三三。一架自動電梯快得出奇地把我送上去。我走下走道找到五三三，在門上敲著。

蘇有契，二十五歲或二十六歲。他的膚色很像一個「派」的外皮，只不過在烤箱中多留了十五分鐘。他的眼因為哭泣而紅腫。公寓內部是堂皇的。看起來他已在此住了很久。

「這件事對我震驚太大了。」他說。

「當然。」

我沒有等他邀請，只是鎮靜地走進去，自己選了一個沙發，坐下，拿出另一包魯碧蓮賣給我的香菸，拿出一支，點著了說：「你和他什麼親戚關係？」

「他是我叔父。」

「常見面嗎？」

「我們兩人是分不開的。」

我從口袋拿出一本記事本。

「你最後見你叔叔是什麼時候？」

「昨天晚上。」

「有沒有聽他提起過魯碧蓮——屍體是在她公寓中被發現的。」

「沒有。」

「你不知道你叔叔認識她？」

「不知道。」

「知道他在那裡做什麼嗎？」

「我不知道，」蘇有契說：「不過我可以保證，不論什麼理由他去那裡，一定是規規矩矩的，我叔父是美德的典型。」

話從他口中說出來，好像他在受邀演講一樣。

「在這裡住很久了嗎？」我問。

「五年。」

「房子是什麼人的？」

「百利叔叔的。」

「留下了不少地產？」

他幾乎太快的接下去：「我不知道，對他的經濟情況我不太瞭解。我只知他很富有。」

「你有工作嗎？」我問。

「目前，」他說：「我不受雇於任何人。我在為一本歷史小說收集資料。」

「以前出版過什麼書嗎？」我問。

他臉紅地說：「我想這些都沒什麼關聯。」

我說：「我想你也許同意趁此宣傳一下。」

他說：「這是一部百利叔叔有興趣的歷史小說。」

「是他資助的？」我問。

有一陣，他的眼神避著我的。過一下又用有點懼怕的血絲眼睛看著我，他說：「是的，是他在資助，現在看來只好停下來了。」

「有關哪一方面的？」

「海岸巡邏隊。」

「和美國歷史？」

「一直追循到真正的海上交易。」他突然十分熱誠地說：「那時舊金山是一個真正的港口，世界各地的船擁進金門。她是一個真正的城市。有一天，當美國的商品又回復到可以銷出去的時候，你站立在海岸的任何一點上，從朦朧煙霧上望向海上的地平線，都可以——」

「很好的題目。」我阻斷他說下去：「你的叔叔還沒有結婚？」

「還沒有。」

「還有別的親戚嗎？」

「我知道是沒有。」

「有留下遺囑嗎？」

「你是——」

「賴，姓賴。」

「老實說，賴先生，我覺得這問題和事實沒什麼關聯。我能請教你來自什麼報嗎？」

「什麼也不是。」

「什麼！」

「什麼也不是。」

「我以為你為報紙來訪問。」

我說：「我是個偵探。」

「嘎！」他用短而尖的聲音叫道。

「你什麼時候聽到的消息？」

「我叔父死亡的消息？」

「是的。」

「屍體發現不久後，他們就通知我，叫我過去。去那個發現屍體的公寓。」

「你這裡住得蠻不錯的。」

「我也很喜歡。我曾經對叔父說過很多次，假如住一個小一點的公寓我會自在一點，但他堅持要我住在這裡。這裡是兩個單位合併在一起的，所以大了一點。」

他又一次擤著他的鼻子說：「我眼睛裡有東西，請你原諒失陪一下。」

「沒關係。」

「可能是灰塵過去了。」

他扭了一條手帕，把一端弄濕了，走到一面鏡子前面，把右眼瞼向下拉。

「也許我可以幫你忙。」我說。

「也許。」

他把眼向上望，在他眼結膜反折的底上有一小塊黃色的斑點。我用那濕手巾幫他擦了出來。

我們回到沙發坐了下來。

他問我：「有沒有什麼消息，這一切到底怎麼發生的？」

我說：「我和警察無關，我是私家偵探。」

「私家偵探？」

「是的。」

「我請問是什麼人聘請了你，你為什麼對我有興趣？」他問我。

我說：「我的興趣和這件事不在同一角度上。我相信你叔父想把蘇百利大廈賣掉。」

「我想他有這個打算。」

「他有向你提起過嗎？」

「只是提過而已，我知道有人在想買。」

「知道價格嗎？」

「我不知道，即使知道也不方便和你說。老實說，賴先生，我覺得你沒有權利問那麼多問題。」

「你叔父幾歲？」

「五十三。」

「曾經結過婚嗎？」

「是的。」

「鰥夫？」

「不是，是離婚的。」

「多久之前？」

「大概兩年之前。」

「你認識他太太？」

「當然。」

「她現在哪裡去了？」

「我不知道。」

「她也同意離婚，是真離了？」

「是的。」

「財產分割了？」

「我想分好了。是的。賴先生，你不認為你問得太多了嗎？」

「對不起！」我說：「我看——我——」我在話說到一半時哽住了。咳嗽，張開口含糊急躁地說：「洗手間，快！」

他跑向一扇門，打開。我衝進去。是他的臥室。他比我快，經過臥室替我打開浴室的門。我跑進去，等候了五秒鐘，輕輕打開門。我可以聽到他在客廳中的聲音，他正在用電話。

我匆匆的環視著臥室。臥室非常整潔。也使用得有條不紊。壁櫃裡掛滿了衣服。鞋架上有兩打鞋子，都擦得雪亮。壁櫃裡面有兩個領帶架，足有一百多條領帶。梳妝台上髮刷，梳子乾淨定位地放著。在五斗櫃及牆上差不多有一打左右的照片放著掛著。正對床的牆上，有一個橢圓形的跡印，長的部位約十二寸，短的橫徑約八寸，顏色比四周的壁紙淡一點。五斗櫃上有一支香菸，從中被一折為二，兩段斷下的香菸，隨意地放在上面。這是房中唯一不整潔的瑕疵。

突然房門打開。蘇有契站在門口譴責地說：「我以為你要用洗手間。」

「是呀，沒有錯。你這地方真不錯。」

「賴先生，我恐怕要請你走路了。我不欣賞你的方法。」

「沒關係。」我說。走向客廳。蘇有契做出前導的樣子，看都不看我，把公寓門打開，石膏像一樣尊嚴地等我離開。

我沒有出去，我回到沙發，坐了下來。

相當長一段時間，蘇有契維持著他的姿態。而後他說：「我在等你離開。假如你不走，我也會想別的辦法讓你離開。」

「你試試看。」

他等了一下，慢慢地把門關上。

我們兩個彼此對望著。蘇有契說：「我在極度悲傷情況下允許你進來打擾，因為我想你是報社的記者。」

他的語調非常有教養但帶點不屑的味道。

「我告訴你我是個偵探。」

「假如你早點告訴我，我根本不會讓你進來——尤其假如我知道你是私家偵探的話。」

「偵探有什麼不好，也是人幹的。」

「賴先生，我不知道你想玩什麼把戲。但是你不立刻走的話，我就要叫警察了。」

「可以呀，」我說：「你要叫警察，可以找一位姓宓的，宓善樓警官。他是兇殺組的。他目前正在處理你叔父的案子。」

我是坐著的，蘇有契站著。過了一下，他猶豫地走向電話，又繞過電話回來坐下。他說：「我不明瞭你如此無理的原因。」

我說：「首先說到，我看得出你是一個極端拘泥於細節，有潔癖的人。但是今天你不太整潔。」我把我大拇指翹起，向臥室搖了兩下：「你是你有錢叔父唯一喜歡的侄子。這房子是他的，當然有傭人供你使喚，所以房子可以整理得如此一塵不染。」

「這和你來這裡有什麼關聯？」他問。

我說：「馬上就要說到你重重盔甲，紕漏出在哪裡。」

「你是什麼意思？」

我用十足信心的語調說道：「那女傭人，一定會說那牆上橢圓型的鏡框和照片是什麼時候拿下來的——這是你犯的最大的錯誤。你不該把整個鏡框拿下來，你應該把照片拿下來，另外換張照片進去，鏡框還在老位置上。但現在你可以看到牆上的顏色有明顯的不同。而且還有一個小小的針孔，明眼人一看就清楚了。」

他看著我，好像我在他胃上打了一拳。

「現在，」我說：「你可以打電話叫警察來了。當宓善樓警官來後，他會把女傭找來，拿出魯碧蓮的照片問她，本來掛在床正對面牆上的照片，是不是這個人的？」

他的兩個肩頭突然垂下，好像兩個肺都塌了下去。

「你——你要什麼？」

「當然是事實。」

「賴，我預備告訴你一些本來絕不會告訴人的事。」

我什麼也不說，只坐在那裡等。

他說：「我也不時地常去凌記老地方走走，這也不算什麼壞事。」

「為你的小說收集資料？」

「別那樣。我只是輕鬆一下，晃一晃。一個男人用了太多腦力，也需要玩一玩。」

「所以你就和魯碧蓮玩玩。」

「請你先聽我說完。」

「那就請。」

「魯碧蓮賣香菸給我。我看她。認為是我見過最美麗的女孩子。」

「所以你泡她一下。」

「當然，但是一點用處也沒有。」

「之後呢？」

「我變得對她更認真有興趣。但是我很怕我叔父，他不喜歡我這樣。他稱之為昏了頭。」

「他怎麼辦？」

「我不知道，賴先生，我真的不知道。」

「那你怎麼想？」

「我甚至想都沒有想。」

我說：「也許我可以替你想一想。」

他用又紅又腫的眼睛看著我，做得像一隻受傷的鹿，在問我為什麼要開槍打他。

我說：「你的叔父認為她是撈女？」

他說：「這沒什麼稀奇，我剛才等於已告訴你了。」

「所以你叔叔就決定自己去看她，告訴她假如她能使你覺悟，一勞永逸不再想念她的話，你叔叔會給她一筆錢，可能比她設法嫁給你，再領贍養費還要多。譬如她願意和什麼人情奔，或是讓你在她寢室看到她和別人在一起，再不然做些完全破壞你迷妄幻想的事情，都可以。」

蘇有契自後褲口袋拿出條濕濕的手帕，在手指上轉著，扭著。「我不知道，」他說：「我不相信百利叔叔會做這種事，我也不相信碧蓮會聽他的。我想碧蓮會——恨他。」

「用一把小斧頭來恨他？」我問。

「老天，」他說：「你真會用這些諷刺的笑話來令人生氣。當然不可能！碧蓮連一隻螞蟻都不肯隨便傷害。我們千萬不要把碧蓮拖進這件事來，我們一定要讓她在事外。」

「那照片是怎麼回事？」

「我把它拿下來了。我一聽到發生了這件事，就把它拿下來了。」

「是她給你的照片？」

「不是的，我賄賂了為她做宣傳工作的攝影師，買了一張給我。碧蓮不知道我有那張照相。」

我說：「到目前為止，你是個百分之百的——」

「百分之百的什麼？」他急著問。

「狗屎。」我說著，走出門口，剩下他生氣地在背後看著我，把濕透眼淚的手帕掩住了鼻子。

第九章　警方的懷疑

我有幸能租到一間單身公寓的房子——一方面是靠運氣，一方面還是用了不少的關係——唯一缺點是和白莎租的公寓太近了，近到只有三條街的距離。公寓本身倒是很體面的，有看守的服務員，自用總機，停車場，和一個裝飾豪華的門廳。不過租金定得非常黑心。

我把公司車停好，走進門廳。我說：「三百四十一。」

櫃檯後的職員仔細地看著我說：「你是新來的？」

我點點頭：「今天才遷入。」

「喔，是的，賴先生，是嗎？」

「是的。」

「有人留個信息給你。」

他把鑰匙和一張便條一起交給了我。便條上寫著：「請即與柯白莎聯絡」。

「另外，」他又說：「有一位年輕女人，每十分到十五分鐘打次電話來找你。她不肯留名字，也不肯留電話號碼，只說她會再打來。」

「一個年輕女人？」我問。

那職員附和地說：「至少聽起來又年輕又漂亮。」

我把柯白莎的紙條放進口袋，回到自己的公寓。

電話鈴在我進門的時候響起。我把房間關上，走進浴室洗手，洗臉。電話鈴停住。我拿起電話對總機小姐說：「今晚我什麼電話都不接。請不要再轉上來。」

總機小姐說：「對不起，先生。我告訴對方你不接電話。但是她十分激動，說有非常重要的事要找你。」

「女的？」我問。

總機小姐說是女人。

我改變我的初意說：「好，要是她再打來，就接上來。」

我遷入的時候，尚未來得及整理。現在我把行李袋放在床上，把東西都取出來。加入海軍有一個優點，會使人生活必須的東西減到最低限度。

我打了個呵欠，把床鋪拉開，同時拿出睡衣。

電話鈴響了。

我拿起電話。

柯白莎的聲音說：「老天！你老毛病又發了？你又神氣什麼，連打個電話給老闆都懶得動手了是嗎？」

「不是老闆，是合夥人。」我說。

「好，就算合夥人。你既然回來了，為什麼不打電話？」

「我正在忙著。」

「忙！忙你個頭！你還沒有真正開始忙呢！你已經把一切搞得亂七八糟，這次我相信你陷進去了。快到這裡來。」

「哪裡呀？」我問。

「到我公寓來。」

我說：「我們明天早上見。」

白莎說：「你現在來看我，要不然你會希望你根本沒有生出來。宓善樓現在在我這裡。你所以現在沒被關進監牢是因為宓警官是我的朋友。什麼傻事都可以做，為什麼一定要去欺騙警察。我也不知道我為什麼常要保護你。我應該讓你嘗嘗坐牢的味道，也許對你會有點好處。」

「讓我跟宓警官講話。」我說。

白莎說：「你最好現在過來。」

「叫他聽電話。」

我聽到白莎說：「他要跟你說話。」

過了一會，聽到宓善樓的聲音在電話裡咕嚕了一下。

我說：「宓警官，請你聽著，我不喜歡一遍一遍和白莎亂兜圈子，到底發生了什麼事？」

宓善樓說：「你該知道發生了什麼事。不要假作慈悲好像無辜的樣子。再這樣我把你腦袋切下來當夜壺用。我現在自己冒了極大的危險來保護白莎的執照。弄得不好照樣還是保不牢靠。」

「你在說什麼呀？」

「你知道我在說什麼，什麼地方可以偷藏殺人凶器，這就是我在說什麼。」

「什麼殺人凶器？」

「那把小手斧，老弟！」

「你說我把它偷藏在哪裡了？」

「不要再引我發笑了。」宓警官說。

「我是說真話。」我說。

「不要再裝了。」宓善樓告訴我說：「你現在真正的落水了。唯一僅存的希望是把自己辯說清白。否則你只好跟我一起走。你們兩位的執照也休想保全。你多久可以到這裡？」

「五分鐘正。」我說完把電話掛上。

白莎的公寓是在第五層。步出電梯，我兩膝發軟。我突然瞭解我是全身無力。自電梯口走到白莎門口好像有走不完的一哩遠，我按她門鈴。

是白莎開的門。

陳年蘇格蘭威士忌香馥的氣味刺激我的鼻孔。自白莎身邊向後看去，看到宓善樓警官穿便衣坐著，腳擱在墊腳凳上，手中拿著一隻玻璃杯。他蹙起眉頭向杯子裡看著，臉上顯得要多憂慮有多憂慮。

「進來吧，」白莎開口：「不要站在那裡發愣。」

我走進去。

白莎穿了件寬大的家居服，她說：「老天，你以前也做過不少危險的事，但是總想到不要把我拖下水去。這一次你這個笨蛋——我想都是因為大腿的關係。」

「什麼大腿？」宓善樓問道。

白莎說：「這個傢伙只要見到一個又漂亮，又有大腿的女人，就一切都完了。所有的理智，前途，事業都不要了。」

宓善樓用悲慘的語氣說：「這就一切都說得通了。」

「一點也說不通。」我說：「那麼多次經驗你還不能學乖。你要聽信她的，你就有得苦吃。」

宓善樓想笑，扭曲了一下臉上肌肉，結果變了苦笑。

白莎說：「自己沒有理了，不要不認錯。」

宓善樓說：「我也並不想對付你，唐諾。但是是你自己向裡面鑽。我們已考慮吊銷你的執照，而且可能非吊銷不可。我可能保持白莎不牽涉在內，但是對你我實在無能為力——實在無能為力。」

「再等一下，先聽聽他有什麼好說的。」白莎對宓善樓說：「唐諾太輕了，受不了你給他那麼多壓力。」

宓善樓悶悶不樂地說：「我沒有給他加壓力，我只是告訴他實話而已。」

「你倒也不必告訴他。」白莎有點生氣地說：「你再活一千年，他的腦子還是比你聰明。」

宓善樓開始想說什麼，改變意見，繼續品他手中的酒。

白莎突然發現我沒有開口，看了我一下，關心地問：「你沒什麼不對吧？你的臉怎麼像被單一樣白。好人，怎麼回事？不是因為宓善樓說的事吧？」

我搖搖頭。

白莎說：「你應該儘可能輕鬆一點。你常對我這樣說。你——吃過晚飯沒有？」

她的問題問得很突然。我回想我今天所做的事，又把時間因素加進去，我說：「沒有，仔細想來，我還沒有吃。」

白莎說：「你就是這個樣子，老遠回來病得半死，血液裡裝滿了熱帶寄生蟲，你的抵抗力低落，叫你不要緊張要多休息，而你偏要混進謀殺案去，跑來跑去不吃晚飯。」

白莎生氣地看著我們兩個，又說：「你們看，我想只好由我給你燒點東西吃了。」

「樓下街上有一家小店還開著。」我說。「我先聽聽代表法律的說些什麼，再自己去吃點東西。」

「那個鬼地方！」白莎噴鼻息地說。一面搬動肥軀向廚房走去，一百六十五磅的肉在寬大的衣服裡猛搖。

宓善樓說：「那把小手斧——你哪裡弄來的，唐諾？」

「閉嘴！」白莎突然說，把頭自肩後轉回，怒目地看著宓警官：「那孩子沒有吃飽之前，我不准你恫嚇他。」她又對我說：「自己倒杯酒，到廚房來陪我。」

我拿了一杯酒，走到廚房。宓善樓也緊跟著。

白莎把蛋打進一隻大碗，把醃肉放進熱的油鍋，弄了一壺咖啡到爐子上，行動不快，但有條不紊，沒有虛功，十分有效率。

宓善樓選中了廚房一角白莎放早餐桌的位置坐下，把酒放在小桌上。從口袋中拿出一支新鮮雪茄，說道：「那把小手斧——你哪裡弄來的？」

「什麼手斧？」

白莎說：「他們在公司車裡發現一把小的手斧，好人。斧頭柄被人鋸斷了，只剩下八吋半長，鋸的地方不整齊，像狗咬的。先是這面鋸一半，又翻過來從另一面再鋸過去。」

宓善樓一直看著我的臉。我回過來看到他的眼，搖著我的頭說：「我一點都不知道，也沒聽到過，宓警官。」

「告訴他，你怎麼會找到的，宓善樓。」白莎說：「我相信這個小雜種是在講老實話。」

宓善樓說：「警察不像老百姓說得那麼笨，你知道。」

「我知道。」

「我們去拜訪蘇有契。」他說：「他傷心得要死，他在我們去找他前已經知道了兇案了——」

「你怎麼知道？」我問。

「他舉動的樣子。」宓善樓說：「他是在表演他才知道。一看就知道他預演過好多次。他接見我們時的微笑，問我們有什麼可效勞。我們問他幾個問題，他太善解人意，太故作無辜了。我們告訴他之後，他吃驚嚇著的樣子，都是裝出來的。他的破綻是每個人都會犯的——只是一點點的過火。這當然不能作為法庭上的證據，但是等於告訴了我們實際狀況。」

我點點頭。

「可是，」宓善樓接下去說：「我們也不戳破他，我們就讓他假裝。告訴他一些不重要的。離開那裡，我們偷聽他電話。另外派兩個人守著，看什麼人會拜訪他。」

我又點點頭。

「你駕了你的公司車出現在那邊。你走了進去。我的人認為應該給你車來一次常規調查，目的也不過是調查車主等等。他們不認識你，他們也不認識這輛車。不要忘了，你離開這個圈子足足有兩年了。」

我再度點點頭。

「於是，」宓善樓憂悶地說下去：「他們打開了你的車，在後座地下有一把鋸短了柄的小手斧。他們拿起來一看斧頭上有血跡。可惜他們把斧頭拿來拿去窮翻太多次了。但是也怪不了他們，他們只是三流的跑腿腳色。」

炸醃肉的香味和咖啡的香味混合在空氣裡。白莎小心地把煎鍋裡的油屑撈掉，把醃肉翻個身再炸，又把烤麵包機開關按下。原來不知什麼時候她已把吐司麵包放了兩片在烤麵包機裡。她問：「殺人凶器怎麼會到你的車裡去的，唐諾？」

「已經證明這是殺人凶器了？」我問宓警官。

他點點頭。

我說：「我向你發誓我不知道。」

「發誓有什麼用，要有點更有用的才行。」宓善樓說。

「那小雜種講的是實話。我最知道他。」白莎發言道。

「你怎麼知道？」宓善樓接問。

「因為，」白莎很快地說：「假使他要說謊，一定說得像真的一樣，而且早已胸有成竹。今天那種一直說他不知道的方式，要不是是個白痴，就是真不知道，他不是白痴。」

宓善樓歎了一口氣，又把眼睛看著我。

我思索著開口：「讓我們重新從頭開始。我用公司車。我跑到郡公所去查人口動態統計資料。我出來後就到凌記老地方。我被他們趕出來，所以回辦公室。而後我出去訪問一位證人，就把車留在那——」

「說清楚點，說清楚點。」宓善樓說：「哪一位證人？」

「一位和謀殺案沒有分毫關係的證人。」

「你真不可救藥，唐諾。」

「我告訴你，這個證人住在合得街。」

「幾號？」

我說：「可以了，不要不滿足了。」

他慢慢地猛搖頭說：「斧頭確是殺掉蘇百利的凶器。你要明白，唐諾。我現在是站在你和地方檢察官之間。」

我說：「孔費律，南合得街九〇六號。」

「他和本案有什麼關係？」

「是另外一件案子。」

「你什麼時候離開那裡？」

「我不知道。」

「你在那裡多久？」

我摸摸下巴說：「我說不定，宓警官。不過足夠別人自從不關閉的後窗，拋把手斧進後車座就是了。」

「姓孔，是嗎？」他說。

我點點頭。

宓善樓突然從桌旁的小凳站起來，膝蓋碰到早餐桌的邊緣，桌子一側，差點把飲料打翻。

白莎把眼自爐子上抬起說道：「宓善樓，你這可咒的，你要把威士忌倒翻，我把你皮剝掉。這是專用來招待你的，我自己都捨不得喝。」

他理都沒有理她，自顧自走向電話。我聽到他翻電話簿的聲音，而後是撥號及低聲的交談。

「這下你到印度國去了。」白莎對我說。

我什麼也沒有回答，回答也沒有用。

白莎撕了兩張紙毛巾，平舖在調理台上，把炸好的醃肉條放在上面滴油。加了點奶油到蛋裡去，用打蛋器打過。加了佐料，倒進平底鍋去開始搗拌。

喝下去的烈酒開始對我發生作用。我已經不像剛來這裡時那樣全身無力。

「你這可憐的小混蛋。」白莎同情地說。

「我還好。」

「再來一杯。」

「我不再要了，謝謝。」

「食物才是你真正需要的。」白莎說：「食物和休息。」

宓善樓掛斷了電話，撥了另外一個號碼，又開始講。之後他把電話掛上，回到桌邊來。他在來路上，替自己的杯子又加上了酒。他用懷疑的眼光詳細觀察我，想說什麼，又停住了，向桌子的另一張凳子坐下，又碰到桌子。

白莎對他笨拙的動作，狠狠的看了一眼，也沒說話。

不一會，白莎沿桌面推給我一盆食物。熱的炒蛋，有很多牛油的吐司，炸得金黃的醃肉。一杯熱咖啡，一團白色乳酪漂在上面。白莎說：「我記得你不加糖，但要乳酪。」

我先拿起咖啡，還沒有喝，溫暖已充滿全身。胃也急切地等候著咖啡和食物的實質感。白莎做的食物味道不壞。這一餐是最近一個月來我唯一有食慾，自己想吃的一餐。

白莎看著我在吃，宓善樓對著自己酒杯在深思。

白莎說：「我們三個人在一起，可是不像個派對。」

誰也沒有答話。

「電話打通了嗎？」白莎問宓善樓警官。

宓警官點點頭。

「怎麼樣？」白莎問。

宓警官搖搖頭。

「好吧，不講就不講。」白莎向他怨言道。

白莎坐下來，宓警官把手伸出來拍拍她手背：「我知道，你是好夥伴。」

白莎生氣地說：「心裡有事，說出來又不會少塊肉。」

宓善樓說：「孔費律給疲勞轟炸垮了。太多人找他談太多的事了。再說他已經睡了。他很不高興。」

「那今天沒辦法讓他證明了？」

宓善樓搖搖他的頭。

我又喝了一口咖啡對白莎說：「不要像小孩一樣。他聯絡了一輛巡邏車，現在在等候報告。」

白莎向宓善樓看去。

宓善樓看看我，又看看白莎。「這混蛋，是很聰明。」

「我告訴過你，這小雜種聰明得很。」

「我們再來討論你的故事。」宓善樓對我說。「你把車停在那裡，你不告訴我有多久。在那邊還見到別的人嗎？」

「我可能——但是沒有見到任何可能放凶器到我車中的人。」

「你只告訴我事實，姓名，地點。其他由我來推斷。」

「沒有多少人。」

「多少？」

「一個。」

「我要名字。」

「名字不可以，暫時還不可以。」

「對你很不利。」

「倒也不像你講的那麼不利。」我告訴他。

「有我說的那麼嚴重。」

我繼續吃我的東西。

白莎兩眼瞪著我，生氣得要把我頭咬掉：「你要不告訴他，我要告訴他囉。」

「閉嘴。」我告訴她。

宓善樓期望地看著白莎。

「我要說囉。」白莎說。

「你根本就不知道。」我告訴她。

「我會不知道！你用公款去買三包香菸。然後每次宓善樓問你簡單的問題，你臉上飄著夢幻樣恍惚的臉色，我就全知道了。不要他媽神神秘秘以為我不知道。有一件事倒不能怪你，你出海太久了，一腦子南太平洋羅曼蒂克對女人的幻象。三個月沒有見女人，老母豬的屁都香了。」

宓善樓看著白莎，相當佩服的樣子。「喔，白莎，看不出你才真羅曼蒂克。」他說，伸出手去抓住她手要拍拍她。

白莎用力掙脫他的大手掌說道：「下次再想調戲我，我給你兩個耳光。」

宓善樓微笑說：「我就喜歡這種女人——又臭，又硬。」

白莎只是咬牙地怒視著他。

我說：「女人喜歡你說她溫柔，美麗。宓善樓。」

他很驚訝地看著我。

白莎對我說：「閉上你的鳥嘴。你自己的問題先解決了再說。」

我把空的咖啡杯推到她前面說：「先再來杯咖啡再說。」

白莎把我杯子加滿。

電話鈴聲響起。

宓善樓根本不等白莎行動，站起來就向客廳走去。桌子搖動，把我杯中的咖啡晃出了杯子，流在盤子裡。

白莎在他身後喊道：「像隻牛跑進了瓷器店。個子那麼大，平腳板的警察，永遠學不好。不要動，好人，我來整理。」

她拿咖啡杯和咖啡盤到水槽邊，把盤子倒空，又把杯中咖啡加滿，把咖啡帶了回來。白莎說：「那大猩猩再坐下來的時候把桌子給我抓緊，這次說不定連根都要給他拔起來了。怎麼啦，好人，白莎的醃肉不好吃？」

我點頭說：「我吃過了，好吃極了。」

「那麼把剩下的都吃了吧。」

我搖我的頭。

「為什麼不吃？」

「我不知道，最近都是這樣。我餓得要命，真吃的時候，吃了幾口，胃就翻過來。我一口也不能再吃了。今晚已是多少天來吃得最多的一次了，也真餓了。」

「可憐的孩子。」白莎同情地說，坐在那裡等宓善樓。

我喝著咖啡，白莎貪婪的小眼睛像母親一樣關心地望著我。

過了一會，宓善樓警官走回進廚房來。他一直在深思，所以忘記把他的酒杯帶回來，當然也沒有加威士忌。

白莎一下用兩手扶起我的咖啡盤，連咖啡杯舉離了桌面，等他坐下來，又把它放在桌上說：「怎麼樣？」

宓善樓說：「可以了，兩個人駕巡邏車去把姓孔的弄起來，叫他說話。他說唐諾去找他為的是一件車禍案。唐諾，你這一招使我失算了。」

「怎麼會？」我問。

「當你說是和這件案子沒有關係的時候，我敢用一個月薪水打賭你一元大洋，你是在說謊。但是那傢伙說你是在調查一件很久以前的車禍案。而後一個女人跑來自稱是報社記者，要打聽同一件車禍。那傢伙打電話找她的報社，發現她是騙人的，所以把她趕了出去。」

白莎看看我，眼光中就只是多了一點懼怕。

宓善樓繼續說：「據我猜測，唐諾笨倒不笨，不小心是有的。他找到了這個姓孔的傢伙，他去拜訪他和他談話。那女人顯然是尾隨唐諾去的。唐諾也不致那麼笨，他知道女人在跟他。他等女的進去，又出來時當場抓住機會攤牌。姓孔的說他曾經站到窗前看女的跑出去，目的是想看她的車號。他看到她進汽車，又看到唐諾從自己的車中出來，走過去，向女人行舉帽禮。唐諾很明顯在責備她。最後爬上她的車和她一起離去。孔先生說唐諾曾很小心地自她車的前面繞到右面去上車，而且一隻手始終按在車上，以防女人突然把車開跑。孔先生認為唐諾是個很聰明的人。」

「他本來就是。」白莎說。

「因此孔費律對他也特別注意。」宓警官說：「他承認他曾走出門去看唐諾的車號，調查唐諾。唐諾並沒有騙他。告訴他的是真名。來看他的目的也沒說謊。這對唐諾有利。」

我喝著咖啡，什麼也不說。

「車子在那裡停了相當久。孔先生告訴我們他曾不時從窗口向外望，車子仍在那裡。突然他再看時，車已經不在了。他沒有見到是否唐諾自己來開走的。現在，如果唐諾自己能告訴我們——」

我打開我的皮包，拿出一張我留著準備報帳的計程車收費收據。我把它交給宓善樓。我說：「這計程車曾帶我去拿車。」

「你從哪裡上車的？」宓善樓問。

「在第七街的附近。」我不在意地說：「我也說不上準確的地點。」

宓善樓警官長長地歎了一口氣：「我想一切都弄清楚了。你車子停在孔家前面時，有人把凶器放置在你車內。到底什麼人會做這件事呢？」

我說：「這是警察份內的工作。我要回家睡覺了。」

宓警官說：「你姓孔的朋友因為你沒有騙他對你相當欣賞。再說你這次和警方相當合作，對你以後工作也有好處。孔先生要我們告訴你車禍妥協的代價是一萬七千八百七十五元，而且他認為對方律師和原告是依賠償比例計酬的。律師大概拿三分之一或是一半。」

我說：「孔先生人還不錯。」

宓善樓說：「奇怪的是你在調查另外一件案子。我始終有點難以相信。」

白莎說：「我們不是一個小偵探社。我們經常有好幾塊鐵在爐子裡燒。」

宓善樓很仔細的對她看了又看，終於什麼也沒有說。

「好了，」我說：「假如各位不介意，我要回去睡了，我太累了。」

「可憐的孩子，看得出來。」白莎說。

宓善樓和白莎兩人跟我到門口。宓善樓說：「其實我也十分明白，你絕不可能笨到找到了凶器，把它藏在自己車裡。」

「凶器上有指紋嗎？」白莎隨意——有點太隨意地問。

「只有那兩個拿起來又仔細翻看的人留了指紋在上面。」宓善樓說：「任何兇手要把它藏到別人車裡，當然會把斧頭的木柄擦了又擦的。」

「斧頭的頭呢？」白莎問。

「血跡及二根頭髮，顯微鏡下很清楚。是凶器沒錯。」

白莎很溫和地說：「不必客氣，好人。你去睡吧。反正我們沒有混進這件謀殺案，也不會混進去。那另一件案我們也已經做了足值二百元的工作了。」

我們三人互道晚安，場面十分融洽。

第十章 幕後導演

回公寓的三條街有如三哩路。我走進停車場對管理員說我要車出去。

他看一看我給他的兩毛小費，好像不是小費而是侮辱。他移走了幾輛車子，用大拇指向公司車一搖：「用吧。」

我坐進車子，發動引擎慢慢開出公寓的私用車場。我開出六條街外在路邊停車。我等了五分鐘再發動引擎，加足了油在街角很快拐彎，再兜了好幾個圈子。

我確定沒有人在跟蹤我。

從海洋飄進來的霧已經漸漸在退了。空氣的溫度在下降，寒意直透我全身的骨骼。一度我尚覺可以維持，突然倦意襲擊我全身及每一滴血液。熱帶使我消瘦，害蟲又使我變弱。我全身抖顫著，有如瘧疾發作。我忍受到這一陣的過去，稍稍又回復了行動的能力，只是十分虛弱。

駕車來到地方法院，找了一個好位置，把車停妥。

我等了像永恆的半個小時。魯碧蓮匆忙地從亮著燈的大門出來。她向大街的左右看一下，右轉，開始用快速公事樣的步伐，有一定目的地似的走著。

我等她幾乎在前面一條街的距離，把車吃進排檔。

她走了二、三條街開始找計程車。

我把車慢慢移近人行道，把窗搖下：「搭個便車？」

她看看我。起先是懷疑，然後認出是什麼人，最後變成憤怒。繼續向前走，不理我。

「你就將就點，」我說：「不花一分錢。」

她走過來，用力把門拉開：「原來是你告的密，我早就應該想到了。」

我疲倦地說：「別傻了，我一直在保護你。」

「否則你怎麼知道我在這裡？」

「說來話長。」

「你倒試試看，怎麼解釋？」

我說：「車停在姓孔的門前時，有人把殺死那人的凶器放置在我車裡。」

她驚奇地對著我看的樣子，也許做得過頭一點，但也許沒有。

我說：「當然他們吹毛求疵嚴詢了我一頓。柯白莎，我的合夥人，認為你和這件事有關。」

「所以她向警方說我也在孔家附近了。」

「別冤枉她，她不會做這種事。」

「那怎麼——」

我說：「柯白莎當然不高興。老開玩笑說我買了三包香菸。宓善樓，兇殺組的，顯然對這玩笑毫不在意，所以使我知道你在哪裡。」

「怎麼說呢？」

我說：「宓警官不是笨人。假如他對你沒有查得清清楚楚，他那肯放棄這個玩笑牽涉到的人，他一定抓住白莎說的三包香菸，追根究柢問個明白。宓警官忽視了這件事，甚至假裝沒有聽到，使我知道他對你已查問清楚。假如他來拜訪我們兩人之前，他已經對你查清楚了，百分之百你是被他們請到地方檢察官辦公室，而且暫留在那裡了。唯一我無法確定的是，他們要把你羈押，還是放你自由。我到這裡來等你，假如再半小時你還不出來——」

一陣顫抖又襲擊我全身。我腳踩煞車把車速減低，由於我雙手都緊握方向盤，表面上還看不出來。

魯碧蓮看著我。一分鐘之後顫抖過去，我又恢復一般車速。

魯碧蓮說：「就算你推理正確。我被他們放出來了，你在門口等我——為什麼？」

「為了要見你。」

「見我為什麼？」

「互相印證。」

「印證什麼？」

「我車停在孔家門口時，謀殺案凶器怎會到我車上去的？」

「我不知道。」

「再想想。」

「我是在說實話，唐諾，我不知道。」

我說：「我不喜歡受人擺佈。」

「我想你也不是那種人。」

「我不喜歡的時候，我會想點事反擊。」

「我告訴你，我真的對這件事一點也不知道。」

我向前慢慢開：「我們從另一個角度來看。你去看孔費律，當時你十分懼怕，你要找個證人。你把我帶回家亂了一陣之後發現了蘇百利的屍體。之後你去凌記，我等你進去之後自己溜走，你大概也知道我不會等你。我走了六條街才叫到計程車。計程車帶我到南合得街九〇六號。我取了車回到偵探社，和我合夥人研究案情，再開車去看蘇有契。」

「說下去。」她見我不再說話，催著我說下去。

「凌弼美有足夠的時間把凶器放到我車裡去。」

「你以為他溜出來把凶器放你車上，然後——」

「不必那麼費神，他只要拿起電話對某一個人說，唐諾的車停在南合得街幾號前面，把凶器放到他車上最是時候，因為屍體被發現時唐諾和碧蓮在一起，警察會以為他也參與其事了——」

「亂講！」她打斷我的話：「稍用點腦筋就知道凌弼美最不願做這種引人注目的事了。你一被牽進來，我更引人注目。除了你出賣我之外，我想不到為什麼會被地方檢察官請去，那麼嚴密地查詢了。」

我把車開到路旁停下。這是一條冷靜的商業街，此時幾乎完全沒有車輛來往，也沒有太多燈光，路上的店面也都未開門。

「是不是要我離車步行了？」她神經兮兮地問。

我說：「我有話要說。」

「那就說吧。」

我說：「我到淩記老地方去。你叫我滾蛋。我沒有滾。僕役頭帶我去見淩弼美。弼美叫我滾蛋，不要回去。」

她說：「能不能說些我不知道的？」

我說：「淩弼美的手錶快了一小時。他房中的鐘也快了一小時。」

她坐在那裡毫無表情。我看她甚至不在呼吸。

「這總是新的了吧？」我問。

她還是一動不動。

我說：「我們在你浴室見到蘇百利的屍體。他的手錶——慢了一小時。」

「我們的大偵探對這件事又有什麼結論呢？」她問，試著用開玩笑方式補綴一下。

「我想，」我說：「淩弼美在為自己製造一個不在場時間證明。他安排自己的錶和鐘快一個小時。假如蘇百利曾在那裡。假如蘇百利曾去洗手室，他洗手時曾拿下手錶，而洗手室小廝曾受到通知，趁機偷偷把他手錶撥快一小時。」

她說：「快一小時？」臉上沒有任何變化。

「我是這麼說的。」

「但是你自己說，我們見到他屍體時，他的錶慢一小時。」

「我認為我不必每個小節都詳細說出來。」

「你既然已經開始說了，不妨說得仔細一點。」

我說：「淩弼美正在製造一個良好的不在場證明。蘇百利來訪淩弼美，這時蘇百利的手錶已經被人撥快了一小時，只是他自己不知道而已。淩弼美找了一個機會使蘇百利注意到時間，蘇百利沒想到那麼晚了，但他又校對了淩弼美的手錶和淩弼美的鐘，都指著相同時間。你看一切不是很順利嗎？但是此後所發展的，叫做畫蛇添足！好好的一鍋飯，多煮了一下子自然焦了。」

「你什麼意思呢？」

我說：「當你發現蘇百利屍體時，你也知道他的錶是快一小時的。你不知道正確時間是因為你自己沒有帶錶。你直覺地認為蘇百利的錶快一小時，所以你把它撥回一小時。但是另外有一個人，他也知道蘇百利錶的事，在你之前已經把它撥回了一個小時。」

她一動不動，也不發出聲音，我看看她以確定她是不是昏過去了。

「怎麼樣？」我問？

「我不準備說話——不對你說話。」

我說：「也好。」發動引擎。

「我們去哪裡？」

「回柯白莎公寓去。」

「柯白莎公寓裡有什麼?」

「兇殺組的宓善樓警官。」

「你要我去幹什麼?」

「我要告訴他我剛才告訴你的事。然後一切由他來決定。我凱子做夠了。」

她堅忍了十數條街,突然指著車鑰匙說:「關掉它。」

「肯講話了?」我問。

「是的。」

我把車找個路邊停住,依她意思關掉引擎,向後靠著車座,輕鬆地說:「說吧。」

她說:「他們知道我把這些告訴你,會殺了我。」

「你不說的話,反正會因一級謀殺罪被捕。」

「你真狠心。」

一陣抖顫,我勉力抗拒著,威脅地說:「我本來就像監獄的鐵門一樣又冷又硬。」

她說:「好,你想知道什麼?」

「每件事。」

她說:「我沒能力告訴你每件事,但可以告訴你有關我的每件事。我希望你知道沒有人想陷害你。有關別人的我知道不多。」

我說：「就在這裡，現在，把知道的一切說出來，不然我把你交給宓警官。我不再催你，你自己決定。」

她說：「這樣不公平。」

我說：「把我放在這種尷尬情況也是不公平的。你自己決定。我已為你把頭伸出去好多次。我現在不幹了。是你還我人情的時候了。」

她說：「我可以一走了之，你不敢妨害自由的。」

「試試看。」

她足足有十秒鐘不開口，然後說：「你想蘇百利靠什麼賺錢的？」

「現在該你說話。」

「敲詐勒索。」

「說下去。」

「我們一直就不知情。」

「我們，是什麼人？」

「凌弻美。」

「當凌弻美發現之後呢？」

「他就開始忙起來。」

「告訴我勒索的事。」

「方式和一般的不盡相同。他滑得有如老狐狸。他把自己裝飾得有如紳士——花很多錢投資，來釣魚。」

「寇太太？」

「是的。他不會為小數目找她。他等著，等到她結婚之後，才動手。他也不怕將來有困難。他要把大廈賣給她，以市價三倍的價錢賣給她。」

「這買賣倒真不錯。」我說。

「是的，而且無後顧之憂。大多數受他敲詐的人都沒見過他本人。他也敲詐過他從未見過面的人。」

「怎麼可能？」

「他當然有一個組織來收集情報。但是蘇百利的聰明在於他能把情報留住——幾個月或幾年，直到養肥了，一次宰割。受害人只得到一次電話，只有一次。」

「他會說什麼呢。」

「威脅受害人付多少現鈔給他侄子有契。之後也許會有一、二封無頭信。通常電話是毀滅性的，而其他只是小的掃蕩戰，有契都能處理。」

我說：「有契的眼睛因為流眼淚太多，整個腫了起來。他的眼淚不是為悲傷而流，而是把一支菸弄斷，把菸絲放進眼睛引起的。我自己曾幫他取出一小粒菸絲。弄斷的香菸還在五屜櫃上。」

她沒有說話。

我說：「有契有一張你的放大照掛在牆上。」

「他不是已經拿下來了嗎？」她急急地問。

「是的，他說你不知道，是他賄賂你的攝影師——」

「賄賂倒不是，勒索是正確用詞。有契只是個可憐的蠢材。他叔叔才有腦子——危險的腦子。」

「這件事和凌弼美又有什麼關係？千萬別告訴我他在敲詐凌弼美，我會笑死的。」

「但是蘇百利也算敲詐凌弼美，不過不是直接的。」

「不懂。」

「敲詐凌記老地方的顧客，用老地方收集資料，以後可以拿來利用。但他有很好的掩護也有很多預防，所以很久後我們才發現。也是因為寇太太這筆買賣才使我們睜開眼來變聰明的。當然事情和凌弼美關係太大了，老地方的房租契約在大廈正式易手九十天之後就自動失效了。」

「所以寇太太並不真的想買，凌弼美也不希望蘇百利賣。是嗎？」

「大致是如此。」

「還有什麼其他的呢？」

「我不知道。只知道蘇百利有個保險箱裝滿了文件。文件現在在我們手中。」

「什麼人去偷過來的？」

她簡單地說：「我。」

我不得不驚奇地自車座急動一下：「你去拿的？」

「是的。」

「什麼時候？」

「今天下午。」

「怎麼弄的？」

她說：「大致像你想像差不多。凌記老地方像其他夜總會一樣，洗手間裡養著一個騙子。他給你打開水龍頭放水，給你一塊乾毛巾，拿一把小刷子裝模作樣給你兩肩刷一刷，小心侍候著等小費。蘇百利洗手的習慣非常小心，他總是把錶脫下來交給小廝，然後花不少時間來洗。凌弼美只簡單地命令小廝把蘇百利的錶撥快一小時。」

「之後如何？」

「幾乎在蘇百利一回到大廳，凌弼美請他到辦公室。當然凌弼美已經把辦公室鐘和自己的錶調整好了。」

「好，這一部分符合了。」我說。「告訴我，他怎麼會去你的公寓呢？」

「你沒有想到概略情況嗎？」

「沒有。」

「他也在敲詐我。」

「用什麼把柄？」

她答著說：「用我親自給他的餌作為把柄。當凌弼美想要阻止蘇百利的敲詐活動時，他需要一個誘餌，我就是獵野鴨時的木頭假鴨。」

「怎麼進行？」

「蘇有契一直在追求我，我讓有契吃下魚餌帶回去交給他叔叔。果然他叔叔也吃了下去。」

「他抓住你什麼假的把柄了？」

她笑道：「我是謀殺案通緝犯。」

「有依據嗎？」

「當然沒有。這是一個設好的計策。我把一些舊剪報，幾封自己寫給自己可以入罪的信，放在一個有契一定會看到的抽屜裡。他找到了，看過了，把它帶給他叔叔。」

「他叔叔怎麼處理？」

「說好下午來找我，笨蛋，現在懂了嗎？」

「而你用一把斧頭打碎他的腦袋。」

「別傻了。我給了他一杯下了藥的飲料，最多不過叫他昏迷一小時到一小時十五分鐘。」

我說：「我懂了。你和他有約好時間的約會。你在他來的時候故意提起時間，使他認為正好守時。等他昏迷後你把他手錶撥回正確時間，告訴他只小睡了十至十五分鐘，他也許想是太累或心臟的關係，不會過分追究。」

「正是。」

「在這一小時十五分鐘之內，你做什麼呢？」

「在這大約四十五分鐘之內，我在客串小偷。」

「有沒有留下破綻？」

「我想沒有。」

「你怎麼做法？」

她說：「一個月之前，我先租了一個房間，也在福祿公寓。我非常小心，除非確知蘇百利不在附近，否則不去那裡。即使如此，我也只偶爾在那裡過夜，使女傭知道床有人睡過。我製造的身分是報館記者，為工作必須洛杉磯和舊金山時常來回。如此將來要退租時可以說這邊的工作量減少，再來時住旅館較為便宜。」

「說下去。」

「蘇百利喝了飲料，行動不穩，走向浴室。藥性發作很快，他半倒在浴盆中睡著了。我從他口袋中拿到鑰匙。我們早已查到他把保險箱密碼寫在記事本裡，偽裝是個電話號碼。蘇百利從不完全依靠記憶力。

「餘下的工作並不困難。我偷偷出門，大方地進福祿公寓，回我自己在那邊的房間，溜到他的一層，用他的鑰匙開他的門，用密碼開保險箱，把其中可以入人於罪的文件一掃而空。我們把蘇百利一下趕出這個圈子不能再害人。」

「然後呢？」

「我趕回公寓，恰發現他死了。」

「你把鑰匙怎麼處理了？」

她說：「放還他口袋了。」

「然後——」

她說：「我打電話給凌弼美。他告訴我立刻去找孔費律，儘可能找出斐伊瑪在那次車禍壓榨他的一切實況。」

「你有沒有問他為什麼？」

「有。」

「他怎麼說？」

「斐伊瑪就是寇太太。」

「是誰告訴你賠款的數字和另外還有幾件訴訟？」

「是凌弼美。」

「在電話裡？」

「是的。」

「他有沒有跟你說找了孔費律之後怎麼辦？」

「他叫我選個證人，不要先決定什麼人，很聽其自然的，最好是意外的。找個人一起回去，發現屍體。」

「所以你選中了我。」

「你的突然出現。我覺得是送上門來的證人。問題是太好一點，由於小小鑰匙的關係給你看出來了。」

「為什麼突然對寇太太發生興趣？」我問。

「因為寇太太和他兩人都在老地方。因為寇太太和他一起離開老地方。而且蘇百利一個人離開後，寇太太開車在跟蹤他。」

「你怎會知道？」

「凌弼美告訴我的。」

「他又怎麼知道的？」

「我不知道。」

「你認為凌弼美心目中寇太太是兇手？」

「我認為，在凌弼美心目中收集證據越多越好——喔，唐諾，老實說我不知道他心中想什麼，他深藏不露的。」

「好，我們再來研究這謀殺的事。你在飲料中下了藥。藥是哪裡來的？」

「凌弼美交給我的。」

「你以前使用過在飲料中下藥嗎？」

「沒有。」

「你離開公寓，把昏迷的蘇百利一個人拋在公寓裡。你確實地，一步一步做了些什麼？你把公寓門當然鎖上了，是嗎？」

「沒有，我沒有。」

「為什麼不鎖？」

「我受到教導不要鎖門。」

「是誰叫你不要鎖門？」

「凌弼美。」

「有沒有說為什麼？」

她說：「我留了一張字條在昏迷的蘇先生手中，萬一他醒過來不會不看見。紙條說他心病發作，我去樓下藥房為他購藥。如此我的離開才有藉口。」

「有點道理，但是公寓門為什麼故意不上鎖？」

「非但不鎖，而且稍稍留條縫，以示匆匆外出，這些都是為萬一蘇百利提前醒來而設。」

「當然也是凌弼美的導演。」

「是的。」

「我不太喜歡。」我說。

「為什麼？」

我說：「假使你的故事完全是真的。那凌弼美是完全把你當狗熊在耍。一切都太方便了——一個謀殺的好機會，你看，一個男人在你公寓人事不省，你人不在家，門沒有鎖——等一下！」

「怎麼啦？」

我說：「凌弼美不是笨人。假使他要把這件事推在你身上，他不必用把小斧頭劈開他的頭。他會用個枕頭悶死他，然後說藥過量了或他心臟不好。不對，用把斧頭的確太殘忍了，並不合乎凌先生的格調。現在我看出凌弼美為什麼急於找寇太太資料了。再問你件事，你回去時，那張字條還在他手中嗎？」

「是的。」

「你把它怎麼處理了？」

「毀掉了。」

我說：「到此為止，一切都可以符合。這是一個很好的計畫。蘇百利為人定會準時赴你的約。當然他不會料到他的錶會被人撥快一小時，要是一切順利在他醒轉之前又會撥回正常時間。他或者會懷疑飲料有問題，但絕不會想到你有充份時間可以拿了他鑰匙，又——他很重視他鑰匙嗎？」

「當然看得十分重要。他門上的鎖是專防萬用鑰匙的。保險箱的鋼門裡另有一道鋼門上面有最好的鎖。兩道門後放文件的抽屜另有鎖鎖住。」

我默思慢慢地說：「可能就像你所說，原來如此設計的。也可能設計的時候就想好要謀殺他的。只是——」

她把她整個身軀投向我。她手臂圍住我脖子，她臉貼住我的臉。

太突然了使我吃了一大驚。我開始推開她。

她把我上身拉向她，拖得更緊，湊在我耳邊說：「熱情一點！一輛巡邏車剛轉過街角，快親我，要是他們看我們停在這裡——」

我不讓她再說下去，我吻她。

她喃喃地說：「已經這樣了，你也不必假正經了。」

我把她抱得更緊一點。

我聽到一輛車停下。

魯碧蓮怨聲低語道：「你在教室做禮拜呀！」

我打起精神做我目前應做的角色。一道手電筒的光照到我臉上。一個冷酷粗嘎的聲音說：「這是在幹什麼？」

我把碧蓮放鬆，對著手電的光眨著眼。

「搞什麼名堂？」那人說：「這是條商業街。」

魯碧蓮向他看了一眼，用雙手把臉摀住，開始低泣。

手電光在車子裡照了一圈：「讓我們看看你的臉。」警察對我說。

我把頭抬起，讓他用手電照著我的臉。他看到我臉上的唇膏印，亂亂的頭髮，拉到一側的領帶，說道：「滾吧！下次不准到這一帶來。找個汽車旅社比什麼都方便。」

我發動引擎，滾得比誰都快。

魯碧蓮說：「真險。」

「你反應真快。」我說。

「我反應必須要快。唐諾，你真要那麼久才有反應嗎？」

我想說點什麼，但是剛才的意外及空氣中的寒意突然進入我骨髓，自骨髓發出冷透全身的顫抖，我聽到自己牙齒相撞的聲音。我想把車停下，但車已開始蛇行。

「啊，你怎麼啦？」

我說：「熱帶使我的血變成了水，你又把它煮沸了。」

我終於把車停下。

魯碧蓮跑出車子，到我這一邊，打開門，把我擠到右座，自己坐在駕駛座上說：「聽我說，你一定要好好睡一下，你住哪裡？」

「我的公寓不行，」我說：「你不能送我回去。」

「為什麼不行？」

「宓善樓一定會派人監視。」

她什麼也沒有說，只是把引擎發動。

「去哪裡？」我問。

「你不是也聽到那警察說的。」

第十一章　離城的汽車旅館

我迷迷糊糊有一點點朦朧的幻象，好像見到白色的燈光在一幢單獨的平房門口亮著。我聽到魯碧蓮的聲音說：「……我丈夫……有病……自熱帶回來……謝謝……還要毯子……是的……兩張床的。」

我模糊覺得有水在流動，之後知道自己在床上，熱的濕毛巾使我神經稍稍安定。

我漸漸張開一點眼，魯碧蓮彎腰在看我。

「好好睡。」

「我要把衣服脫了。」

「傻瓜，已經脫掉了。」

我閉上眼。全身溫暖，我什麼都忘了。

醒來時，太陽已照到床上。咖啡的香味充滿全室。

我眨眨眼把睡神趕跑。

房門小聲地打開。魯碧蓮進門來。看到我已醒來她很高興。

「哈囉。」她說：「都好了嗎？」

「我想都恢復了。」我說：「昨晚是不是昏過去了？」

「你也沒什麼病，只是身體太弱，人又太累了。」

「哪來的咖啡？」

「我出去採購了。就在街角有個小店。」

「幾點了？」

「我怎麼知道？」她說：「我又不帶錶。你忘了？昨天晚上你還曾指出我沒有帶錶，所以要把謀殺罪套在我頭上。」

幾乎立刻地所有的蘇百利謀殺案的枝枝節節又回到我的腦子來。

我說：「我一定要打電話回辦公室。」

她說：「沒有吃東西之前不准工作。現在洗手間空著，不要花太多時間，我正在做蛋餅。」

她走進廚房。我走進浴室，舒服地洗了個熱水浴，穿好衣服，用隨身帶的梳子把頭髮梳整齊，來到廚房。碧蓮已把食物準備好，我也覺得餓了。

她用大而沉思的眼睛看著我：「唐諾。你人不壞。」

「我又做什麼了？」

她笑了：「是因為你沒有做你沒有做的事，所以我算你是個紳士。」

「我們是怎樣登記的？」我問。

她沒說話，只是笑笑。

我吃了不少，直到胃口突然在咬得起勁時停止。

我把盤子向前稍移。

碧蓮說：「到外面去，坐在陽光下。假如房東太太過來可以不必窘。我們沒有行李，她知道怎麼回事。不過她有個兒子是海軍。」

我走出去坐在太陽下面。

這個汽車旅社離城相當遠，在一個山谷的邊緣，長長的山谷一直延伸到遠山，帶著白色雪帽的山峰襯托著深藍色的天空。

我把自己坐得很舒服，儘量放鬆自己。

房東太太走過來，自我介紹。她有個兒子在南太平洋一艘驅逐艦上。我告訴她我自己也曾在驅逐艦服務，有可能見過他兒子或談過話，只是不知姓名而已。在橘花盛開的陽光下她坐在我身旁，我們保持靜默，彼此尊重對方自己的沉思。過了一下魯碧蓮走出房子坐在我們邊上。

碧蓮說我們應該離去了。房東太太找個理由告退，我知道她不要讓我們看到她知道我們沒有行李，怕我們受窘。

碧蓮坐進我們公司車的駕駛座，發動引擎。我坐在她旁邊回城去。

「香菸？」

「開車時我不抽菸，唐諾。」

「喔，是的，我忘了。」

我們差不多要到老地方了，她突然問道：「我告訴你的一切，你要告訴你朋友宓善樓警官多少？」

「我沒有聽到你告訴我什麼呀！」

她把車靠邊找到一個位置停車。

柔軟溫和的手很有力量地擠著我的手，她說：「你是個好人，唐諾。雖然——」

「雖然什麼？」

她打開車門：「雖然你睡著了會說夢話。再見，唐諾。」

第十二章　訴前聽證

我開車到辦公室對面的停車場。

我推門進辦公室已是十二點三十分。卜愛茜已離開去吃中飯。

在外間聽到白莎辦公室一下椅子的吱咯聲，重重的腳走在地上的聲音，門突然打開。

柯白莎站在門口用冰冷憤怒的目光看著我。

「你！」她說。

「是呀。」

「是你個頭！」白莎說：「你以為你老幾？什麼意思一下不見了？我以為你不舒服。看你樣子像個鬼。我用我的手來給你做飯吃。你到外面去鬼混，去泡妞！」

「你要在外間吵架？顧客會嚇住不肯進來的。」我說，把自己坐進一張椅子，拿起今天的報紙。

「你這個卑鄙、厚臉皮、冷血的忘恩負義臭小子。白莎用八元錢一瓶的威士忌來招待這個扁平腳底板，因為他是警察，怕他對你不利，而你——」

我用頭向走道示意，說道：「走道上來來去去人很多，他們會聽到你的吼聲。再說，可能會正好有顧客上門——」

白莎又加大了點嗓音：「管他多少顧客在外面，我現在要把事情弄弄清楚。你仔細聽著，假使你認為你能——」

辦公室門上有一個黑色的影子，我用手指指。

白莎努力抑制自己，把沒說完的話吞了回去。

有人試著門上的門把。

白莎深吸一口氣：「看看是誰，寶貝。」

我放下報紙，走到門口，把門打開。

一位中年人，高高的鼻子——骨頭比肉多——高前額，大大的顴骨。從只有一半寬眼鏡的上緣用精明的眼神，眨呀眨的看向我後面說：「是柯白莎太太吧？」

柯白莎的態度變成熱情地說：「是的，有什麼可效勞？」

男士把手伸向口袋：「首先，容我自己介紹，我姓商，商茂蘭，嘉蘭法律事務所的資深同事，是律師。今天來拜訪柯太太，是希望你幫一個忙。」

他自口袋拿出一疊紙交給白莎。

白莎自然地拿住這疊紙說：「南先生，我們常替律師做很多工作。我們甚至可以說專門於這類範圍。唐諾，把報紙放下。這是我的合夥人，賴唐諾。他參加海軍才回來，已經辛勤地在工作了。告訴我，你要我們做什麼，和這些紙有關嗎？」

白莎打開這疊紙。

「好呀！好呀！他奶奶的。你——混球你——」

商茂蘭舉手阻止她說下去：「等一下，柯太太，請容我解釋。」

「解釋個屁。」白莎對他喊道：「這是開庭傳單。路理野夫婦控告魏妍素及柯白莎。你搞什麼鬼？」

「等一下，柯太太，不要生氣。請讓我解釋。」

白莎用手指翻看這些法律文件。「五千元。」她叫道：「五——千——元。」

「正是，」商律師冷冷地說：「假如你決心把我看成敵人，你就會損失五——千——元。」

白莎一下子，說不出話來。

商律師平靜地說下去：「柯太太，我準備給你一個提議。一個商業提議。這是為什麼我自己把文件送來給你。」

商律師看看我，給我一個友善的笑容，表示不必把我排外。他說：「柯太太，我們並不認為你是非常粗心，沒有開車經驗的。我們認為魏妍素對這件車禍意外，要負單獨全部的責任。」

他向白莎容光煥發微微地笑著。

白莎的下巴向前戳出，有如一艘戰艦的船首：「你有什麼提議？」她有點勉強地說。

「柯太太，你是在生我的氣。」

「我當然在生你的氣。」白莎尖聲地說。

「柯太太，我絕對不會不公道地占你便宜。我是個律師，你不是。我會詳細解釋法律給你聽。以前大家都公認兩人或兩人以上共同觸犯民事的侵害或民事的侵犯，其中之一如得責任免除，其他人也可免除。但這種概念近日已改變了。法院判例也有改變——說明白點，本州的法庭也有註解。以一個姓龍的控告案言。加州地院六二一案號有例：觸犯民事侵犯時，原告宣稱兩個或兩個以上觸犯相同的——」

「什麼觸犯不觸犯的關我鳥事。」白莎厭煩地說。

「你沒看出來嗎？你只要幫我們證明，這一切都是魏妍素小姐犯錯誤所導致。但是法律有奇怪的規定，柯太太，法律規定為了自己權利，可以要求辦訴前聽證，但是聽證的證人必須是訟案中的一方。我並不是說，我把你拖進來做訟案中的一方，目的是為了要你的證詞。但是柯太太，我要告訴你，我就在這裡，在今天下午三時正，要來取你的證詞。再請你注意，要是你的證詞證明本次意外完全要由魏妍素負責，我們會向法院請求撤銷本案對你的控訴，理由是你沒有義務。」

律師又向白莎一本正經地微笑著。

白莎說：「假如你的這個當事人——叫什麼名字來著？」

「路理野太太。」商茂蘭說。

白莎說：「假如開車的路理野先生是罪魁禍首呢？」

商茂蘭律師把長而都是骨頭的手指，左右手指尖互相對起，輕輕地壓著。「柯太太，」他說：「我想你忽視了剛才我給你提議的嚴重性。假如這個車禍意外，是因為魏小姐的疏忽，我們會請求法庭撤銷對你——」

「你是搞什麼，行賄還是恐嚇？」白莎問。

「呀！我親愛的柯太太！親愛的柯太太！」

「少來這一套，親愛個屁。」白莎說：「究竟什麼意思？」

「我們要你的證詞，柯太太。事實上我們有權趁現在先正式的取得你的證詞，列為記錄，這樣在開庭的時候，我們知道將面對一點什麼問題。許多案子裡證人都是跳來跳去，許多律師以為證人對自己有利，但是一出庭——無論如何，柯太太，你見過世面，你懂得這些形式。」

「我對這種事啥也不懂。」白莎說：「除了誰也不能把我拖進去。你能證明我有一點疏忽，我就吃了它！」

商律師把頭向後一仰，哈哈大笑：「柯太太，你表達意見的方式非常有趣。但是一到法庭，你會拙於解釋為什麼變出個程咬金來了。」

電話鈴響，我移到愛茜辦公的桌子上去接聽。

對方經過電線傳過來顫動生氣的聲音：「哈囉，哈囉，是什麼人？」

「賴唐諾。」

「喔，賴先生。我是魏妍素。你知道，那車禍案的魏小姐。」

「是的，我知道。」

「我要和柯太太說話。」

「她現在很忙。最好等一會再和你說話。」

「但是，能不能請她聽一下，只要——」

我說：「她現在實在太忙。最好等一下由她給你電話。」

魏妍素想了一下，她說：「喔，你的意思是她正在——和本案有關的人在接觸？」

「是的。」

她說：「也許你可以回答我的問題，賴先生。」

「我儘量試試。」

「是不是一個臉上肉少骨頭多的律師，叫做商茂蘭的在你們辦公室？」

「是的。」

「在和柯太太談話？」

「是的。」

「喔，賴先生，不知能不能及時給柯太太一個口信。我的律師說，商律師一定會把柯太太拖進案去，變為本案的一方，如此他可以辦柯太太的聽證。我的律師希望柯太太答允對方律師的要求，只是做證詞的時候要非常小心，絕對不要讓他逮到柯太太有一點點小錯誤，這樣商律師就變成了弄巧成拙，自投羅網了。我的律師說這是律師最好的戰術。」

「我試試看。」

「等一下我就自己過來，解釋清楚。」她說。

「我現在讓你和白莎講話。」我說，對白莎做了個手勢。

「我以後再跟她說。」白莎說。

「最好先聽一聽。白莎。你可以先聽聽，再做決定。」

白莎移近電話說：「哈囉。」開始靜聽。過了一會，她說：「好，再見。」把電話掛斷。

她轉向商律師：「你要我在什麼地方給你辦聽證？」

他向她微笑：「為了你的方便，我們來這裡，柯太太。我會帶個公證人來，他也正好是一位法庭的速記員。對你不會不方便的，只花幾分鐘時間——幾個簡單問題。」

「什麼時候？」

「我建議三點鐘，如果——」

「可以，」白莎乾脆地說：「就是三點鐘。現在請『出去』，讓我可以工作。」

商律師伸出他的手。他和我握手。他和白莎握手。他點點頭，離開辦公室的時候還在點頭。

「這個卑鄙狡猾，混帳的賊律師。」白莎在他出門之後發著牢騷。

我說：「暫時留著下午三點鐘以後再罵吧。目前你最好仔細想想等一下要說什麼。我想他是個汽車律師。」

白莎怒目向著我：「世界上沒有一個賊律師能混亂我的思想。汽車律師，嘿！讓白莎來教他一二手。」

「好在不是我的事。」我說，又拿起報紙。

白莎怒氣沖沖。眼看要找點理由遷怒於我。卜愛茜用罷午餐回來，當她開門發現白莎和我兩個人都在外間，非常意外。

「喔，哈囉，我有沒有打擾兩位什麼？」

白莎生氣地說：「豈有此理，我們為什麼總要在這裡開會討論呢？我們的私人辦公室是幹什麼用的？」

卜愛茜沒有目的地說了一聲對不起，自顧走向她的打字機。

白莎轉向我。「我們還沒有完。」她說著突然眼中冒出火星。「昨天晚上你龜兒的睡到哪裡去了？宓善樓說你——」

通走道的門打開，打斷了白莎的話。

進門的男人寬肩，精明能幹，勝任愉快的本性，但是目前他有點自我約制，稍顯笨拙，有點像個大男人站在百貨公司女人的內衣部。

「是柯太太？」他問。

白莎點點頭。

「賴先生？」

我站起來。

「我是，」他說：「寇艾磊。」

白莎看了我一眼，很快地說：「請進，我們倆正好要出去——所以都在外辦公室。但是出去的事可以暫緩。」

「抱歉我打擾你們了。」寇艾磊禮貌地說：「但是我也非常忙，所以——」

「請進。」白莎說：「不要客氣，儘管請進。」

我們互讓進了白莎的辦公室。白莎自己坐在大辦公桌後的椅子上，指著她右邊的椅子給我，讓寇先生坐在大而舒服的客戶椅上。

寇艾磊清一清喉嚨：「大致說來。我今天來請教你們的不是你們專業的服務。」

「不是？」白莎問，初步的不滿已顯之於色：「那麼你來幹什麼？」

寇先生說：「據我得知，你是一件昨天所發生車禍的證人。」

「喔！那件事。」白莎說。

「為了我自己的理由，」寇先生說：「我非常希望案子能庭外解決——出點錢，不見官了。」

白莎豎起她兩隻耳朵，精明的閃爍著她的小眼：「你打算如何進行呢？」

寇艾磊說：「我不想自己和兩方律師有任何接觸。在我看來，你是一位職業女性，也許能用點現鈔來安排，使整個案子消弭於無形。」

「容我來請教一下，你為什麼有興趣於此呢？」我問道。

寇艾磊說：「這個問題我不準備答覆你。」

我說：「車禍中有一方寫下了出現在現場附近每一輛車的車號。」

寇艾磊在大椅中換了一個位置：「那麼你已經知道答案了？」

白莎說：「這樣做有什麼好處歸我——我們呢？」

寇艾磊說：「假如你能用兩千五百元把這件事擺平的話，我就送你五百元酬勞。我總共拿三千元現鈔出來。」

白莎貪婪地說：「換言之，你準備付三千元來平息這件案子。不管我們花多少錢，多下來的——」

「我不是這樣說。」寇艾磊嚴格地打斷白莎的話：「我說要付你五百元酬勞，假如你能用兩千五百元擺平這件案子的話。」

「假如我們只花兩千元就可以了呢？」

「你的酬勞仍是五百元。」

「像我們花兩千五百元一樣？」

「是的。」

「這種方式使我們失去儘量少花錢解決問題的原動力。」

「正是如此。」寇艾磊說：「這個數目的錢我估計過一定可以達到目的。我不要你為我省錢或為自己多得而討價還價，耽誤時間。我要這件事立即解決。」

白莎說：「讓我們把事情完全弄清楚。你要我們做的，是使這件車禍案子不產生訴訟。雙方滿意地消弭無形。除此之外沒有任何其他要求。」

「沒有任何其他事要做。是的。你想還有什麼呢？」

「我只是把一切弄明白。」白莎說：「如此不會和目前本辦公室其他進行中的案件發生衝突。」

「我看絕對不會的，柯太太。我的要求簡單明瞭。」

白莎說：「我們要先收委託費，我們規矩是兩百元。」

寇艾磊自口袋掏出支票本。又拿出一支鋼筆。他把鋼筆筆套拿下，想了一下，把筆套放回，又把鋼筆插回，把支票本放回口袋。從後褲袋裡拿出皮夾來，數出兩百元——二十和十元的鈔票。

白莎開了收據讓寇先生摺起放進皮夾。寇先生含蓄地微笑，和白莎握手，和我握手，互道再見。

白莎眼睛發亮，高興地說：「你看，好人，蠻不錯的。這裡兩百元，那裡兩百元，突然之間這案子就肥起來了。」

我問：「你想他為什麼要這件事和平解決？」

白莎眉毛抬起：「為什麼？理由很簡單，他不要別人知道他太太在跟蹤蘇百利。」

我說：「我要是寇太太，我不可能請丈夫出來辦這件事。」

「你怎麼做，她會怎麼做，本來是兩件不同的事。」

我說：「也許，但是我開始在懷疑，這件案子可能有什麼我們沒有想到的角度。」

白莎不耐煩地說：「你老毛病又發作了，唐諾。這些不成問題的問題，有什麼好翻來翻去討論的。你跟白莎好好一起去吃頓飯。增加點卡路里，不要像昨晚一樣要死要活的沒力量了。」

「我今天早餐吃得晚。」我說。

「早餐吃得晚！說！昨晚上你哪裡去了？我——」

電話鈴響，白莎狠狠看了我一眼才拿起電話。

我能聽到卜愛茜的聲音說：「魏妍素小姐來了。」

「喔，老天！我忘了她要來了，請她進來。」

白莎把話機放下，向我說道：「要是我們從她那裡也能弄它兩百元，就妙極了。」

第十三章　不可思議的大荒唐

魏妍素慢慢走進來，臉上滿「齒」的笑容。身後兩步跟著一位矮胖的男人，頭髮禿了三分之二以上，和藹可親地從玳瑁眼鏡後面向我們微笑。灰色眼珠，肌肉很結實，態度謹慎精幹，看樣子他研究過怎樣能使人產生好印象，而他做得恰如其分。一撮紅色的小鬍子，短短硬硬如一把小刷子，把他的鼻子和厚的上唇分開。厚厚的左手拿了一只公事包。

魏妍素介紹道：「我的律師，米大海大律師，他代表我注意我的法律權益，很多年了。」

米律師謙和地鞠躬，白莎辦公室窗口射進來的陽光，在他禿頭上反射出來。

「這位是柯太太。」魏小姐繼續道：「這位是賴先生。」

米律師一面跟我們分別握手，一面忙著宣稱非常高興見到我們。

「大家請坐。」白莎做她的主人。

魏妍素說：「他們已經給我告我的公文，我帶我的律師來，目的是解釋一下法律的觀點。」

她轉向米律師，向他一笑。

米律師清清喉嚨，把和藹的表情收起，有一點自封為法官的樣子，很嚴肅的說：「這是一件用合法來掩護非法迫害人民的例證。很不幸的，法律的尊嚴，被如此一個嘉蘭法律事務所，糟蹋了。」

「狡猾的賊律師？」白莎問。

「不像你所稱的狡猾律師。」米先生說：「他們精明，有衝勁，能幹，玩弄文字遊戲非常小心。但亦如此而已。是的柯太太，如此而已。請瞭解我並不是在引證什麼，我是提供一點機密資料——換言之，單純私下談話。」

「他曾經和他們交過手。」魏妍素插了一句嘴。

米律師打開公事包：「舉個例來說，這種卑劣，該死的方法，企圖來影響你的證詞。柯太太，法律無法抵制這種行為。但是正派律師不會如此做，也不會寬恕原諒他們如此做。你看得出他們做了什麼。是嗎？」

「他們告我。」白莎說。

「完全正確，他們把你拖進來做被告，目的是使你耽憂，使你煩惱，使你受驚，使你在做證詞的時候偏向於和他們妥協。」

白莎說：「他們嚇不倒我。」

魏妍素熱誠地說：「我也這樣告訴米律師。」

米律師向白莎微笑：「我真高興你這樣說，柯太太。我的想法是要他們作繭自縛。你有你的權利，他們想要辦理聽證應該五天之前通知你。換句話說你在他們通知後五天內可以不理他。當然這一點他們不會告訴你。他們會在他們有利情況下，迫你作證，恐嚇你，威脅你，暗示你。不過我們已經有了十分完美的對策。柯太太，我的客戶非但沒有錯，不該受到不公平待遇，相反地，她是個大方，慷慨，好心腸，同情心很重的女人。對於這件事造成你的不便，她也會補償你時間損失。

「柯太太，我的客戶，魏妍素小姐，告訴我，她願意支付一切法律費用。換言之，我的客戶要我也代表你，從現在開始，一直到結案為止，你自己不要付一分錢。所有費用都由我的客戶，魏小姐來出。」

白莎滿臉笑容地說：「如此說來我自己不必再請律師。」

「不必。」魏妍素說：「米律師會代表你。他處理一切。」

「我不付錢？」

「一毛也不必付。」米律師重申。

困難。

白莎吐出一口放鬆了的氣，伸手去拿香菸。

白莎點菸時大家沒說話。我能看到白莎想盡辦法在找一個合理的說詞，但都有困難。

突然，她乾脆不經思考地問：「我們不經法庭訴訟，把它私下解決，好不好？」

「不打官司！」米律師說，好像說了什麼非常不雅的話似的：「親愛的柯太太，用什麼東西來私下解決呀，絕對沒有辦法。」

白莎低咳了好多次，求助地看著我。

我什麼也不說。

白莎說：「我的意思，你知道，打官司很耗損。對我來說，為了避免訴訟的困擾——你看，你知道，我可以拿出點現鈔，給原告和原告的律師，讓他們撤回本案一筆勾銷。」

「喔！不要這樣做！老天，不要這樣，柯太太！這會變了你自認有罪。這會使別人對全案誤解，你怎麼想出來的，這是不可思議的大荒唐。」

「但是，」白莎說：「我是個大忙人，我沒時間——」

「喔，不會浪費你時間的。」魏妍素說：「米律師會代表你，不論什麼程序都由米律師去辦，你不花費錢，也不花費時間。」

白莎理由不足地堅持道：「我仍認為，也許——你知道，我拿出一千元，或是兩千元，看他們怎麼說。」

米律師和魏妍素以不相信的驚愕互望了一下。

米律師問：「你的意思是，你要自己從你自己的口袋拿錢出來？」

「有何不可？」

「但是，為什麼要你出錢呢？」米律師問：「你要瞭解，柯太太，他們把你列為被告的唯一原因是，要你作證。法律規定這種情況下，如果你不是訴訟的一方，你不能在訴訟前作證。他們要你作證也不過是希望迫你說出對他們有利的證詞。他們告訴你要是你的證詞對他們有利，他們會撤銷對你的控訴。不過是卑鄙手段而已。和你實際無關係的。」

白莎又看著我求救兵。

我點起一支紙菸。

白莎看看米律師，皺著眉找說詞，突然轉頭向我說：「你這個該死的，講話呀！」

米律師抬起眉毛，好奇地看著我。

「要我告訴你我的看法嗎？」我問白莎。

「是的。」

我說：「不必兜圈子，告訴他們實情。告訴他們魏小姐在你的後面開著車；你把車停住因為你要左轉；你打手勢要她超越；但是她從窗口責罵你；這是為什麼她沒看到姓路的來車。」

接下來是大家沒有說話。全場的空氣就這樣凍結了。

魏妍素突然說：「你們要這樣說的話，我個人也有不少話想說啦。」

米律師做和事佬地說：「慢點、慢點，女士們，我們——」

「閉嘴！」魏小姐說：「事實上這個邋遢胖女人以為馬路是她家開的。她起先在左線，然後她移到右線，正好在我的前面。之後她昏了頭在路當中停下來要在右線左轉。伸一隻爪子出來做了不少別人看不懂的有氧舞蹈——」

「誰是邋遢胖女人？」白莎喊道。

「你，還有誰？」

「女士們，女士們，拜託。」米律師參加喊叫。

「老天！」白莎說：「世界上沒有任何一個馬臉的掃把星可以叫我邋遢胖女人。我重一點，沒錯，但是是結實。我一點也不邋遢。你們都給我滾，滾！」

魏妍素繼續：「就是因為我不知道你要做什麼，我只好繞過你的車，才在十字路口——」

「我親愛的年輕女士。」米律師說，把他自己的身體站到兩個女人中間：「你不要說了，你絕對不能親自說出口任何當時的情況。」

「我不在乎。」魏妍素說：「都是她的不好。據我看，她才要負一切的責任。」

白莎說：「你當時太想責備我，你沒有把頭扭彎了，算你運氣。要不然變隻彎頭的馬整天露了兩排牙齒。你向前開車的時候根本沒有看著前面。否則我怎麼會一直看到你的牙齒。」

「不准你說我的牙齒。你這個啤酒桶一樣的死胖子。」

米律師拉著魏妍素向外走，替她把通走道的門拉開。「魏小姐，魏小姐，求求你，我求你。」

魏小姐回頭向肩後喊道：「我不要你來做證人，我恨所有的臭胖子。」

「少講幾句對你有好處。」白莎叫還她道：「牙齒張得越開就越難看。」

門被重重地關上。

白莎的臉也說不出來是紫還是白，看著我說：「你這個小雜種，都是你。你一個人搞出來的。有一天我把你撕開來看看你是什麼東西變的。只怕你根本不是東西變的，你才是個大掃把。唐諾，我恨你！」

我說：「你的香菸燒到桌子了。」

白莎弄熄香菸頭，把它抛在菸灰缸裡，賭氣看著我。

我說：「早晚總要發生的，倒不如這樣好一點。你試著改變真相，最後倒楣的是你。最終目的，我們是要代寇先生把案子擺平。所以你不可以使她存一個幻想，她會贏這場官司。魏妍素有錢，要是官司擺平，她的律師哪有油水。要是你站在她一邊，她會贏，但是米律師會拖它一兩年，最後要她付兩、三千元的律師費。你說了實話，魏妍素會自動主張擺平官司，不經訴訟。何況你還願意出錢。好了，我還有工作要做。你給原告做證詞的時候，我會回來。你最好多想想準備說些什麼。」

我走出辦公室。白莎緊蹙雙眉正忙著思索，來不及說話。

卜愛茜用心地在打字，她抬頭看我，手下並沒有暫停，我清楚看到她的右眼慢慢地閉下。

我也在走出去前向她眨眼示意。

第十四章　證詞

三點十七分，我回到辦公室。

聽證的事已進行稍頃。一位法庭的速記員坐在卜愛茜的辦公桌後，要用速記記下每一句話。柯白莎坐在證人椅上，滿臉得意揚揚的表情。一個五十歲左右，尖下巴，急於發財貪婪眼神的男人，坐在商律師身旁，應該是原告之一——路理野先生。

米律師可能又在柯白莎和魏妍素之間周旋過。他把魏小姐坐在他身後，自己很生氣地在一本記事本上亂塗。很明顯的他在記下等一會輪到他時，他要問白莎的話。

所有人都在我進入時抬頭看我。商律師坐在那裡繼續發問，他雙手在胸前，十指張開，兩手的手指尖互相對在一起，把頭稍稍後仰，多骨的臉上全無表情。「柯太太，告訴我們當時你做了什麼？」

「在十字路前，我把車慢了下來。」白莎說：「於是我聽到後車亂按的喇叭聲。」

「是的，是的，請講下去。」

「然後在擁擠的交通流量中，魏小姐把她的車拐出來，繞到我邊上來。」

「她做了些什麼？」

「她向我咬著舌頭，因為她不滿我的駕車方式。」

「她有沒有把車停下來，為的是向你咬舌頭？」

「她沒有，她一面向我大聲喊叫，一面用腳猛踩油門。」

「那她當然是面對著你囉？」商律師的語氣好像一個人在陳述一件當然的事，而不是在問問題。

「我可以確定她是面對著我的。」白莎說。

「你看到她的眼睛？」

「我看到兩隻眼睛和她的牙齒。」

魏妍素在椅上扭動著。

米律師向後看，用手拍拍她的膝蓋，叫她鎮靜。

商茂蘭眼中現出勝利的光彩：「那麼，你是說，當魏妍素開車通過你的車時，她眼睛是望著你，而且在向你說話的，對不對。」

「完全正確。」

「我們再來校對一次你的證詞，柯太太，我相信你說過，當你來到十字路口時，你把車幾乎要停住的樣子。」

「沒有錯。」

「現在，為了大家彼此沒有誤解，請仔細聽我說。當魏小姐開車經過你的時候，她是看向你的，向你在說話的，而你的車是在十字路口，是不是？」

「是的。」

「那麼她的車頭一定是已經在十字路上了？」

「對——是的。」

「那時她正看著你，在和你說話？」

「是的。」

「整個過程中，她的車一直是以相當高速在前進？」

「她猛踩油門沒有錯。」

「她什麼時候才轉頭看她前面的方向呢？」商律師問。

「突然，她好像想起她沒有看前面——」

「請記錄記下反對。」米律師說：「證人不能作證我客戶腦子中突然好像想起來的事情，她只能作證——」

「是的，是的，」商律師打斷說：「只能作證發生的事實。柯太太，不可以憑你想像來作證。」

「更不可說你想我的客戶在想什麼。」米律師諷刺地說。

商律師生氣地看他一眼。

米律師把上唇急速地擺動，使自己的小鬍子刷著自己的鼻子。

「好吧。她突然要躲，而另外那輛車就和她撞上了。」白莎很乾脆地說。

「你說的另外那輛車，是指這位坐在這裡，在我右側，路理野先生，所駕駛的車？」

「是的。」

「這另外一輛車是正在左轉，是嗎？所以面向的是較為北方的夢地加路？」

「是的。」

「照你剛才的證詞，我們可以歸納。魏小姐是用你所說的猛踩油門速度，盲目地開向公園大道和夢地加路的十字交叉，衝向路先生所開車的方向，是不是？」

「是的。」

商律師把背向椅子上一靠。把雙手放下來，放在肚子上。他有禮貌地轉向米律師：「你要不要詰問一下？」

魏妍素又開始在坐位上扭動。

米律師用手向後面差不多的方向拍了兩下，表示慰撫。口中說道：「當然，當然。」

「請吧！」商律師說。

「謝了。」米律師仍用帶點諷刺的味道招呼一下。

米律師意思一下地把椅子的位置調整一下。柯白莎神氣地向我看了一眼——好像在證明她說的，世界上沒有一個賊律師能混亂她的思想——才轉頭用她急切的小眼看向米律師。

米律師清清喉嚨：「現在讓我們重頭開始，看看我們是否都弄清楚了。柯太太，你是在公園大道上向西走是嗎？」

「是的。」

「在你到達夢地加路之前，你沿公園大道開了多久了？」

「八條街到十條街的距離。」白莎說。

「在到達夢地加路的路口時，你的車是在公園大道西行方向的右線上，也就是最靠人行道的一條車道上，是嗎？」

「是的。」

「你在這個車道上多久了？」

「我不知道。」

「你會不會說八條街到十條街的距離？」

「不會。」

「有一段時間，你是在左側車道開車，就是最近馬路中心那條車道，是不是，柯太太？」

「有一部份時間你在中間車道開車。」

「我說是的。」白莎回答。

「沒有。」

「絕對確定。」白莎乾脆地說。

米律師抬起眉毛說：「你確信沒有？柯太太。」

「你絕對沒有在公園大道中間車道開車，是嗎？」

「是的。」

「但是你有一段時間在左車道？」

「是的。」

「意外發生時，你在右車道？」

「是的。」

「那麼，」米律師用精心設計的諷刺聲調說：「能不能請你告訴我們，你怎麼能不跨越中線而能從左線換到右線呢？」

「我當然必須經過中線車道。」白莎說。

「喔！」米律師用裝飾出來的驚奇說：「那麼你確有在中線車道開車。」

「我有經過中線車道。」

「立即經過？」米律師問。

「是的。」

「你是不是要我相信，你從左車道換到右車道時，車子和車道是成直角九十度的？」

「別傻了，我拐彎地從左車道斜到右線道。」

「喔，那麼你是不管右車道有沒有來車，突然右彎，到右車道。」

「當然不是。」白莎說：「你不可能混亂我思想的，我是慢慢從容地擠過去的。」

「為了慢慢從容地擠過去，你擠了一條街的距離，兩條街的距離，三條街的距離，還是四條街的距離？」

「我不知道。」

「也許花了四條街的距離？」

「我不知道……可能。」

「那麼有一段很長的距離，柯太太，可能長到四條街的距離，你是在中間那道車道上開車的。」

「我是在把車擠過中線車道而已。」

「那你為什麼告訴我們——絕對確信沒有在公園大道向西的中間車道開車呢？」

「我——我的意思我沒有——對了，我沒有在中線開車而有意要留在中線繼續開下去。」

「但是你有開車經過中線？」

「經過，是的。」

「好，那麼有一段時間，你車子的四個輪子，的確全在公園大道中間那個車道，兩邊白線之內。是嗎？」

「我想沒有錯，是的。」

「我不希望有什麼強辯。」米律師宣稱道：「我只要事實。來，柯太太。假如你是像你剛才說的那樣會開車的話，你當然會老實告訴我們——不用雙關語地告訴我們，今後不會有誤解地告訴我們——到底你，在八條街到十條街的距離內開車時，你車子的四個輪子，有沒有一段時間，全在中間車道左右兩條白線之內。」

「有，是的！」白莎向他大吼著說。

米律師自椅上向後一靠，同情地，有準備休息的樣子：「那麼你剛才說的證詞怎麼回事？柯太太。你不是說你絕對確信你沒有在中間車道開車嗎？」

白莎開口要說什麼，但因為生氣雜亂得變成語音不清。速記員抬起頭來看她。

「請呀，請呀。」米律師說：「請你回答這個問題。」

白莎說：「我已經告訴你發生的一切。」

「是的，是的。但是你告訴了我兩件完全不同的事實，我不知哪一件是正確的。」

小的汗滴出現在白莎前額。她說：「好了，你愛怎麼說就怎麼說。」

「不，不，不是我怎麼說。」米律師急急地說：「要的是你怎麼說。柯太太。容我向你提出忠告，你宣過響，所以現在請你說實話。」

「好吧。」白莎向他尖聲叫道：「我是在左線上。我經過中間車道到右邊的車道。好了嗎，有什麼錯嗎？」

「很多地方可能出錯。」米律師好像很有耐心的解釋著：「要看你怎麼做法。你要切到右側車道去的時候，有沒有發出任何信號？」

「有的，我打方向燈。」

「你有沒有向後看？」

「當然我有向後看。」

「把頭轉過去？」

「沒有，我從後望鏡裡看。」

「由於你車不是直行，是在切向右車道，所以你從後望鏡看不到路後的情況。換言之，因為像你所說，你控制車相當斜的往右切，你後望鏡只能看到直接在你後面的車。我要向你指出的是，你根本不可能看到魏小姐開的車，因為她在你右線。」

「對，我是看不到她的車。」白莎不得不承認。

「你什麼時候才第一次看到它？」

「當我進入右線道，停下來，我向上看後望鏡，見到它就在我後面。」

「喔！你停下來了。」

「是的，我停下來了。」白莎生氣地說：「你試著雞蛋裡找骨頭吧。」

「你停下來的時候，有沒有發停車的信號？」

「是的，我有。」

「哪一種信號？」

「我把我手臂伸出車窗外。向下有點角度。」

「你整個手臂？」

「我整個手臂，是的。」

「而且給了個停止信號？」

「給了個停止信號。」

白莎加強語氣確定道。

「柯太太，你為什麼停車呢？你車上沒有乘客要下車吧？」米律師問。

「沒有。」

「可是你也知道，那裡不是停車場所。」

「當然。」

「你是在交叉路口？」

「是在交叉路口。」

「在夢地加路路口上，有交通號誌？」

「是的。」

「那交通信號是指出公園大道上交通是暢通的？」

「是的。」

「但是你停車了？」

「我只是差一點停車了。」

「不是你差一點停車。柯太太，我要知道你停車了沒有？」

「我——我可能很慢很慢地在移動。」

「但是沒多久前，柯太太，你自己說你停車了。」

「好吧！」白莎向他大叫道：「我停車了，又怎麼樣。」

「把你車完全停死了？」

「完全停死了，假使你要這樣說。」

「不是我要這樣說，柯太太，而是你實際這樣做過。」

「好，我停了車。」

「停死了？」

「我沒有沾點口水，伸個手指出去，看我的車在不在動。」白莎諷刺地說。

「我懂了。」現在米律師說著好像一切都得到結論似的：「我想你誤解我了，柯太太，或者是我誤解你了。據我現在從你得到的證詞，你根本連自己都不知道，當時你的車是完全停住了，還是向前在移動。」

「講得沒有錯。」

「但是你出手臂做信號表示你要停車了？」

「是的。」

「停車的信號？」

「我是說這樣的。」

「也是想這樣做嗎？」

「當然我是想這樣做。」

「現在，讓我再問你，柯太太，你為什麼要停車？你不可能當那裡是停車場吧。」

白莎說：「我要讓後車繞過我之後，我可以左轉。」

「喔，你想左轉？你有沒有打出左轉的信號呢？」

「當然有。」

「你說你發出了左轉的信號？」

「是的。」

「什麼樣的信號呢？柯太太。」

「別人怎麼做的？」

「不對，不對，柯太太，我要知道你怎麼做的。」

白莎說：「我把左臂伸出車窗——直直的伸出。」

「整個手臂伸出？」

「整個手臂，是的。」

「於是你看到了你後面的車子。」

「是的。」

「第一次看到？」

「是的。」

「是你要那輛車繞過你？」

「是的。」

「你有沒有用信號通知後車。叫它繞過去？」

「當然有。」

「你怎麼做？」

「我揮手叫她向前。」

「怎樣揮法？」

「用我手臂揮動。」

「用手臂揮動是什麼意思，柯太太？」

白莎用力伸出她手臂做了一連串的圓形動作。

「請記錄下來。」米律師說：「柯太太在此時伸展她左臂作一連串圓形的動作——當手上舉時較頭為高，下垂時幾乎著地。對不對，柯太太？」

「對，」她說，然後又譏諷地加一句：「難得你也有對的地方。」

「在得到你的信號通知後，魏小姐立即繞過你，是不是？」

「繞過我，並且表達了不少她的意見。」白莎說。

「你車的左前窗，是開著的，是嗎？」

「是的。」

「魏小姐車窗呢？——小心，柯太太，我不要你受騙了。我只要試試你觀察的能力，並看看你到底記得多少。魏小姐車右側的窗，是開的還是關的？」

白莎想了一下說：「她車窗是關著的。」

「你能確信？」

「確信。」

「所有右側的車窗都是關著的？」

「是的。」

「玻璃關到頂？」

「我說關緊的。」

「告訴我魏小姐對你說什麼了。說哪些個字？」

一陣自以為然閃過白莎的臉：「不要用這種方法來騙我。我不會中你計的。」

米律師抬起眉毛問：「請問你什麼意思？」

「我意思是假如她右側的窗沒有開，我就聽不見她說些什麼。你也知道我什麼意思。事實上，我可以──看見──她在講話。」

「但是你聽不到她說什麼字？」

「當然，窗關著的聽不到。」

「一個字也聽不到？」

「不，我聽到──不是，我不能發誓聽到。」

「那麼你怎麼知道魏小姐對你說的，是你剛才所指表達了不少她的意見。」

「我從她臉上表情知道的。」

「她說的，你一個字也聽不到？」

「聽不到。」

「那麼當你剛才說的，她向你表達了不少她的意見，你用的是心電感應，還是通靈術？」

「我可以看到她臉上的表情。」

「你有本領從別人臉上表情，看到她在想什麼嗎？」

「假如她嘴巴也在動的話，是可以的。」

米律師立即無聲地動了他嘴唇數秒鐘，然後問道：「我說了些什麼，柯太太？」

「你什麼也沒有說呀。」

「但是我嘴巴在動呀。我的確是在說一件事，我說得很肯定。柯太太，我的嘴巴是在動，你也看得到我臉上表情，是不是？」

白莎沒有講話。

「那麼你是不知道我在說什麼？」

白莎憤怒，困擾，用不說話來保護自己。

米律師又等了幾秒鐘，才說道：「請記錄記下來，證人對這個問題無法回答，或是不願回答。」

白莎開始出汗了。

米律師繼續道：「柯太太，你突然從大路的最左側車道快速地換到最右側車道，開到我客戶魏小姐所開汽車的正前方，你突然發出一個停車的信號，把你的車速變慢，你自己也不知慢到什麼程度，因為你不知道車子停住了還是仍在向前移動。你突然發出一個左轉信號，然後你突然發出一連串的手臂大動作信號，所以把右側的車道交通完全阻斷。對你所做的一切行為，你自己有較合理的解釋嗎？」

「我告訴你我要左轉，我要這部車繞過去先走。」

「公園大道方向是綠燈，你知道你不能在十字路口停車，是嗎？」

「假如你一定要吹毛求疵，是的。」

「所以你在那裡違規停車。」

「就算是的。」

「你也知道，從三條車道最右側的一條，你不准左轉的，是嗎？」

「當然，所以我才要我後面的車子先走。」

「所以你為了兩件違規的行動，一個緊接一個地發出了兩次信號，是嗎？」

「你一定要如此說，是的。」

「再請問你，那輛路先生所駕駛的車子，你什麼時候才看到它？」

「正好在撞車之前。」

「確實地說，撞車之前多久？」

「我說不出來，大概是一秒鐘吧。」

「你見到它時，它在哪裡？」

「它剛擺向左轉彎。」

「你當然知道真正撞車的位置在哪裡？」

「是的。」

「哪裡？」

「就在我的車前面。把我整個擋住，移動不得。」

「正是如此。柯太太，我不想陷害你。我告訴你，調查結果，從車子到交叉路中心點正好三十一呎。你看這個距離和你腦中想像是不是差不多？」

「大概差不多。」

「這是調查清楚的，柯太太。我想對方的律師這一點可以同意的。」

米律師看看商律師，商律師點點頭。

「柯太太，你第一次見到那輛車的時候，它還沒到交叉路？」

「嗯——它還沒有到交叉路的中心。」

「真是如此。所以這輛車先要到交叉路的中心，在中心較遠方繞過中心左轉，再走上三十一呎才撞上魏小姐的車。」

「我猜是這樣的。是的。」

「距離嘛——也許算它五十呎？」

「嗯——差不多這樣，是的。」

「照你這樣估計，從你第一眼看到路先生的車，到撞車為止，那輛車走了五十呎，是嗎？」

「我想是的。」

「是你自己確實作證，你是在撞車一秒鐘之前，看到路先生所開的車的。」

「沒有錯。」白莎說。

米律師說：「你有沒有計算過，柯太太，車子一秒鐘走五十呎，一分鐘可以走三千呎，而每分鐘三千呎比時速三十五英哩快得多？」

白莎眨著她的小眼。

「所以，」米律師說：「從你自己的估計，柯太太——我沒有誘導你，一切都是你自己的估計，這位路先生的車，用超過三十五英哩時速在交叉路轉彎，是或不是？」

白莎說：「我覺得沒有那麼快。」

「那麼你其他的證詞一定是錯了。你認為車子到交叉路中心不止五十呎嗎？」

「不，不會更多。」

「但是離開撞車地點至少有五十呎？」

「是的。」

「那麼你的時間一定估計錯誤了。你想會不會比一秒鐘要多一點？」

「可能。」

「但是你曾確定地說過那是一秒鐘。柯太太，你要不要改變你的證詞？」

白莎前額全已汗濕。她說：「我不知道那車走多快。我只是抬頭看到它，然後撞車了。」

「喔，你抬頭看才看到它。」

「是的。」

「那麼，撞車之前，你一直是低著頭在看。」

「我不知道在看哪裡。」

「喔，我完全懂了。你不知道你的車是停著還是在動。你也不知道你在看這邊還是那邊。」

「我是在看下面。」

「那你不是在看旁邊？」

「不是。」

「那麼你不可能在看魏小姐。」

「我是在看魏小姐。」

「想清楚一點。」

白莎頑固地不開口。

米律師大獲全勝地笑笑。「我想，」他宣佈道：「我問完了。」做速記的人，把記事本合攏。魏妍素對白莎得意地傻笑。神氣地離開。米律師用他牙刷樣的小鬍子擦他鼻子。

人們陸續離開。又一次白莎與我被單獨留在辦公室裡。現場猶如一次冠軍拳賽才結束那麼寂寞淒涼。

第十五章　汽車律師

柯白莎小心地把門關上。「你混蛋。」她說：「都是你害的。為什麼你不告訴我他們可以這樣整我？」

「我本來想告訴你的。」我說：「但是你說沒有一個賊律師能混亂你的思想。」

白莎怒視著我，伸手取了支香菸。

我從口袋中取了支菸，在客戶用椅上坐下。

白莎說：「怎麼可能有人記得到這些雞毛蒜皮的小事。也不可能一秒一秒的來算別人在做的事。」

我說：「我倒對魏妍素發生興趣了。她也跟了八至十條街的距離。你記得她──」

門上有膽怯的敲門聲。

我說：「來的假如是米律師，千萬不要發脾氣。」

白莎無助地望著我：「假如是那賊律師，由你發言，好人。」

我把門打開。

米律師說：「我能進來嗎？」

「進來吧。」我告訴他，指向我們的客戶椅。

米律師笑向白莎。「我希望你不要介意，柯太太。」

我代白莎回答：「沒什麼，大家都為公事。」

「謝謝你，賴先生。我感謝你瞭解我的困難。我的客戶比較激動——比其他女性激動。」

白莎只是恨恨的不理他。我把煙從鼻子中噴出。

「來支菸？」我問米律師。

「謝謝你。」

我把菸盒遞給他，他拿了一支，自己點著了。

「路太太傷得重不重？」

他扮了個鬼臉說：「你知道這種事，給她點補償，跑得比誰都快。沒有錢，就拖死狗。商律師非常能幹。他是這種案子的專家。」

「你也不是簡單人物。」我告訴他。

他笑笑。

白莎說：「哪有那麼許多——」

我對白莎說：「對不起，假如你要自己來，我就出去。」

我走向門口。

「不要走，唐諾。」

我猶豫片刻，刻意地看了她一下。

「我不開口。」白莎允諾地說。

我把手自門把上收回。

米律師很快地說：「好像柯太太說過，為了沒時間去做證人，她願意把這件事和解。」

「她現在不做證人不行了。」

米律師打開公事包，翻來翻去，拿出了一些文件，開始仔細地看著。他說：「我認為本案可能庭外和解。我認為商律師急著要聽證為的就是這個目的。我想他會接受有條件的和解。」

「那，」我說：「你們辦就是了。」

他奇怪地看著我說：「你的意思，你們不想和解了？」

「不怎麼特別想。」

「為什麼，賴先生。我不是想引起辯論。我相信我們能把這件事照做生意的方式處理，以友善的方法處理。依目前局勢看，柯太太在作證的時候，有了點瑕疵。她停車在違規的地點，不合適的時間，用不正當的方法，不合情理的手勢，例如揮手的這種信號。」

我說：「你的客戶呢？假如路先生真的如你所說車開得很快，那他一定比魏小姐先到交叉路口，當然應該由魏小姐來注意前面有沒有車。」

米律師說：「我承認案子還有幾個小地方沒弄清楚。」

「商律師可都弄清楚了。」

米律師說：「我希望有個辦法可以使全案煙消雲散。」

「商茂蘭要多少？」我問。

「喔，我一點概念也沒有。」

我繼續自顧吸菸。

「假如你們出一點力。」

米律師說：「我的客戶也肯出點力，也許我們把一切都解決了。」

我說：「你為什麼兜圈子，不肯實話實說呢？」

米律師用他紅色的小鬍子刷著鼻子。他說：「整個情況，有不理想的一面。」

我說：「好吧，由我來打開僵局好了。我們給你五百元。」

他譴責地對著我說：「五百元！你是開玩笑，還是侮辱人？」

我說：「你用哪一種想法都可以。你不要的話，我就收回。」

「不，不，不，不。」他說：「不要急，賴先生。我看你和我才是真正的生意人。我們不會冒火，是不是。」

「不見得。」我告訴他。

米律師自椅中跳起，把文件連同公事包一丟。「冷靜一下，」他說：「我們不可以激動。賴先生。我們兩個生意人來再研究研究。商律師和他的當事人在電梯邊上等。我去和他們談談。」

米律師走出門去。

「你為什麼不出價一千五百元？」白莎問：「他可能不必問三問四了。」

我說：「等著看好了。」

白莎說：「整個狗屎事件，在我看起來都有臭味。真是賊律師，我把他們恨透了。那些他問我的問題，荒唐。唐諾，我敢講，叫他來問你的話，你連早餐吃了什麼都回答不出來。」

我向她笑笑。

「笑吧，笑破你狗腸最好。」白莎說：「我希望有一天看到你站在證人席上，讓這些混帳來問你問題。」

電話鈴響。

白莎對著話機大聲道：「什麼人？」而後把自己聲音變成糖和蜜：「喔！是的，許小姐。沒有，怎麼會，我們沒有把你忘掉。等一下，我讓你和唐諾說話。他就在辦公室什麼地方。我一分鐘就找到他，你不要掛電話。」

白莎把手摀住電話的一端，對我說：「是許嬌雅，要命，我把她忘記得乾乾淨淨。我們應該給她做什麼？喔，是，要我們調查寇太太。由你來對付她，好人。你比較會無中生有。看我有多高明，沒告訴她你就在身邊。你快點想想，我想辦法再拖她一兩分鐘。」

「我來跟她講。」我說。

「先想一想，想點好一點的。」白莎告訴我。

白莎把摀住話筒的手拿開，對電話說：「他在做報告，許小姐，但是他立即來。他……他來了……什麼，再說一遍……慢慢說。」

白莎聽了足足三十秒鐘，她說：「你決定要這樣？好，假使你堅決的話。可憐的孩子，你在哭！你看，我建議你和唐諾談談。他已經過來了。他也要和你說話。」

白莎再次把手掌摀住話筒。

「你來，唐諾。我看她也瘋了。」

我接過電話：「是賴唐諾，許小姐。」

許嬌雅快速地把話灌進電話，我聽到的是歇斯底里的聲音，幾乎很難聽懂她在說什麼。

「我要你把一切取消。賴先生。我要你停止。不要做任何事。完全放手。我實在不應該起頭的。我想不到會有這種結果，否則打死我也不幹的。不要耽心那兩百元錢。你們留下錢，不要再辦事。千萬千萬別再想到我要你們辦事。請你現在起立即停止。一點點工作也不要做。不管你在做什麼都停止。把所有工作停止。」

「能不能問你，為什麼你有這樣的決定，許小姐？」

「我不能告訴你，我一個字也不能告訴你。我也沒有時間討論這件事。我也不要討論。只請你放手不再管。」

「你最好到辦公室來，親自當面交代我們。」我說。

「不必要等我自己再證實了。照辦就是了。我想你不見得要我簽字才能停止吧。你停止就可以了。留著錢，不要再工作，知道了嗎？」

她聲音越來越高。

「但是，許小姐，我們已經有了一些有用的消息，我們也正在——」

「這正是我怕的。這就是為什麼我要停止。立即停止！我什麼也不要了。我要離開了。我再也不在這裡了。你們再也見不到我了——永遠。」

我聽到對方一陣啞泣，突然電話掛斷了。

我也把電話掛上。

「你想是怎麼回子事？」白莎問。

我一本正經地對她說：「據我看她要我們不再調查這件事。」

白莎臉上沖起紅色血液。「混帳，你以為我不懂自己本國的語言呀！我知道她說什麼。我問你為什麼她要這樣。有時你是最可惡的小——」

門有膽怯的敲門聲。

「米律師。」我說。

白莎投了一個最後的怒視。把自己的臉色改變為接見客戶面孔。她說：「無論如何，那王八蛋正在替我們賺錢。」然後大聲說：「進來。」

米律師幾乎很抱歉地推門進來。他走過來的步態好像無理晚歸的丈夫用腳尖走路怕吵醒太太。兩隻腳很能配合他腦中所想的。他顛著屁股走到客戶椅旁邊。「賴先生，」他說：「假如你能出一千元，我們就可以完成和解。」

我看看我的手錶說：「你只是來晚了一分鐘。」

「你什麼意思？」

我說：「我和柯太太，才遇到一件非常不愉快的意外。一件我們已經手的大案，突然被取消了。」

「一件大案子？」他問。

「這本是一件小案子。」我說：「後來越牽涉越大，變得很大很大。」

米律師用他的小鬍子刷著他的鼻子。

我說：「在這種情況下，我認為我們都拿不出五百元錢來解決這件事。我怕我們只能聽其自然了。」

「喔！你不能這樣做！不能這樣做！我已經辦好和解了。」

「用一千元錢？」我說。

「等一下。」他說著從客戶椅中站起：「等一下。不要離開。我一下就回來。」

他一陣風一樣飄出門去。

白莎看著我說：「不論許嬌雅在電話中說什麼，都不影響我們替寇先生要做的工作。」

我輕鬆地說：「我們把事情看遠一點，尤其我們和汽車律師打交道的時候。」

白莎把眼皮拍呀拍地搧著，突然說：「我喜歡你，你這個小雜種，我對你這雙賊眼後面的思想機器非常欣賞——你又常令我生氣，每一天我可以扼殺你十次——以上。你——」

米律師膽怯的敲門聲又在門上響起。這一次敲門只是例行手續，沒有等到我們邀請，就轉動門把，把門推到正好可以把他矮胖的身體擠進來，又把門輕輕關上。他一面走一面在點頭。嘴唇在笑，眼睛卻有焦慮之狀。

「沒關係了。我一切都辦妥了。可以和解了。恭喜你們兩位。你們兩位已經從很危險的情況下得救了。可以了。只要五百元就完全解決了。我和對方說好了，鈔票馬上就給他們。」

我說：「柯太太要路先生，路太太和魏小姐三個人簽字的和解協議書。」

「沒問題，會有的。我要借用你的秘書替我做一張魏小姐的。柯太太，商律師已經把路先生，路太太簽過字的帶來了。」

「他從哪裡弄來路太太的簽字？」白莎起疑地問。

「商律師有一張簽字的和解書一直在身邊，當然條件是空白的。」

白莎把她座椅向後推了一兩寸：「你的意思這王八蛋到這裡來裝模作樣那麼

久，目的只是恐嚇我和他們和解？你的意思在他公事包裡本來就帶了簽好字的空白和解書，他——」

米律師伸出他肥胖的手：「慢一點，慢一點。柯太太，請你冷靜一點。我求你不要太激動。每一個律師為了爭取時效，在開始就請客戶簽好和解的文件，只是彼此之間有一個範圍，而律師也保留有一些決定的伸縮性。主要原因之一是，當各方人士聚在一起，突然決定和解，大家可以當場辦妥，不會有不必要的延誤。事實上，有的時候夜長夢就多了。我向你保證，這一點也沒有什麼特別，沒有惡意，柯太太，我自己也經常這樣做的！」

我對白莎說：「開一張五百元的支票。寫上收款人抬頭：米大海，代表魏妍素的律師；嘉蘭法律事務所，代表路理野夫婦的律師。」

「你在咕嚕什麼呀？」白莎說：「我給路理野太太五百元，他們給我和解書，一手交錢，一手交貨，我絕不會先給他們支票的。」

米律師咳嗽著。

我對白莎說：「別幼稚了。你在應付一對汽車律師呀。」

「你的意思我不明白。」白莎說。

我說：「把錢付給律師，不付給當事人，是職業禮貌。」

「那我有什麼保障？」

「當然是當事人的和解協議書。」米律師代為回答，一面向我感激地笑笑。他說：「你有當事人簽名的和解書，對你有利到極點。柯太太。白紙黑字對你　切行為他們都不能再控訴。時間是從有史以來一直到現在。」

「從『有史』以來？」白莎問。

米律師猛點他的頭，以致他頭頂的反光一閃一閃，他說：「差不多的文字，只是給你百分之百的保障。柯太太。」

「你對我真周到。」白莎譏諷地說。又加了一句：「五千年就足夠了。」

「你放心。我看唐諾有點法律常識。唐諾會向你解釋，這種文件有一定格式可套，對你有絕對保障。」

「嘿，你們兩個都是白痴。」白莎嫌惡地說：「唐諾，要照你說的寫那麼多嗎？」

我說：「可以請愛茜打字。給我支票，我拿去給愛茜打字。」

「和解書不到手，不要把支票交出去。」白莎囑咐。

米律師又在咳嗽了。

我對米律師說：「銀行就在樓下。已經關門，但是我們可以從邊門進去。這張支票他們認識我，可以付現的。你和商律師可以伴我一起去銀行。鈔票從窗口出來，你們兩位把和解書交給我，我們——」

米律師把頭猛點：「你和我有商業頭腦。賴先生，這安排很好。我們還等什麼。」

白莎用力拉開抽屜，弄出一本支票簿，重重地撕下一張空白支票，塞到我手裡。「唐諾。」她說：「假如你還愛我，把這些賊律師統統給我趕出去。」

米律師轉回頭準備說兩句安撫的話。

我把手伸進他的臂彎，輕輕地把他帶出辦公室。

卜愛茜要把那麼許多字擠在收款人姓名項下，但她還是辦到了。

我對米律師說：「你在這裡等。我去請白莎在支票上簽字，我們一起下樓。還有一件事我們要列入和解條件。」

「一件什麼事？」

我說：「車禍發生後，魏妍素曾經是個忙碌的小婦人，在現場抄了不少證人的姓名和車號。路先生也做了相同的工作。我的合夥人疑心很大，她要那兩個人抄下來所有證人的姓名，車號資料。」

「喔，是的。」米律師說，再一次熱心地點頭：「我欣賞她處世的態度。雖然因為她拒絕我律師的態度，連帶也拒絕了我個人的友情，但是我還是要把她要的給她。賴先生，兩個人所記的，全部。我們不保留。」

他向我笑著。

我把支票拿過去，放在白莎的桌上。

她起疑地看著我：「看這些賊律師鬼鬼祟祟地在我辦公室出出進進，背了人又牽著互相傻笑，我怎麼知道你沒有參加他們，也在鬼鬼祟祟對付我偷偷的傻笑。我不知道什麼使我想到你會這樣，可能因為你是法學院畢業的，受過賊律師教育。」

白莎抓起桌上的筆，拿筆尖和支票拚命。簽了字。

我走出她辦公室，小心地把門帶上。

一小群人集在一個電梯中。

路理野伸出謹慎的左手對我說：「我還沒有機會認識你賴先生。我很高興這件事就要解決了。相當尷尬的案子。」

「我只希望尊夫人能早日復健。」我說。

一陣言語難以形容的不安經過他臉上，他說：「我也如此期望。可憐的女孩子。」

我們一起來到樓下的銀行。

「等一下。」我說：「在我們鈔票換手之前，你記得我還要一張證人的名單。」

米律師對魏妍素說：「這是我和賴唐諾說好的，魏小姐。我相信你有一本記事本，裡面——」

魏妍素自口袋中取出那本記事本，說：「你能抄——」

我說：「我看到這是活頁的記事本，請你只要把這些紙取下來給我就好。」

魏妍素把這幾頁紙取下，交給了我。

「都在這裡了嗎？」我問。

「全了。」她說。

商律師說：「依據協定，魏小姐自己要付的款子——」

「這個我們之間可以自己來解決。」米律師趕快阻止他說下去：「魏小姐的銀行離開這裡也不過四五條街。我們要是趕快一點，也來得及從邊門進去。銀行對魏小姐也熟——」

商律師對路先生說：「你的一張證人名單呢？給我。」

路理野抱歉地說：「我只是把現場我見到的車號記下來而已。」

我向商律師說：「當然你的客戶把這張只有車號的單子給你之後，你一定調查過，查出車主的名字了。」

商律師不太願意地歎了口氣，打開公事包，拿出一張打好字的名單，一聲不響交給了我。

銀行出納員好奇地看著我。

我點點頭。

他們拿到了錢，急急離開銀行。想在還能進得去之前趕到魏小姐的銀行。

第十六章　傷害自己不想傷害的人

我用銀行公用電話，給辦公室打電話。由卜愛茜接聽。

「哈囉，愛茜。」我問：「血壓怎麼樣？」

「相當高。」

「好，我要仔細想一想。假如辦公室裡血壓還很高。我到對面去坐在汽車裡想好了。」

「依我的意思，」愛茜說：「你還是去汽車裡好了。外面空氣新鮮點。再說，昨晚你到哪裡去了的問題，好像依舊存在。」

「好，謝謝。做個好女孩。」

「只好如此了。」她說，在我問她原因之前，她把電話掛了。

我走向對街停車場，坐在公司車裡，把魏妍素交給我從記事本上取下的名單仔細看著。

寇太太的名字不在上面。蘇百利的名字也不在上面。程咬金的名字也不在上面。記事本這一頁就是沒有看見。另外還有半打車號和人名。我把它放在一側，先看路理野給我的名單。

名單上只有車號，但是商律師給我的那張打字單子上，每個車號後面列上了車主的姓名。

有柯白莎的車號，柯白莎的姓名和地址；有寇艾磊太太的車號，斯加拉比大道一〇一三號；有蘇百利的車號，註明是凱迪拉克房車，福祿大道三二七一號；三四個車號，和魏小姐記事本所記相同的；兩個車號魏小姐沒有記到的；然後是一個車號，許嬌雅，西奧爾良街，二〇七號。

我把名單摺起，放進皮夾，過馬路打電話給寇成百葉窗公司。我說：「能不能找許嬌雅小姐說話？」

「請問什麼人找她？我們需要你姓名，先生。」

「告訴她唐諾找她。」我對接線小姐說。

「請稍等。」

我聽遠遠似有似無的聯絡聲，然後高效率，聲音美妙的接線小姐告訴我說：

「她今天比較早已回家了。」

我看我的手錶，是四點三十五分。

我再試許小姐雇用我們時留下的電話號碼。沒人接。

「謝謝你。」

我走回公司車，把引擎發動，腦子在把時間、地點、人物配合起來。

我開車到寇成百葉窗公司。

房子是一幢很大的三層磚房，在商業區的邊緣。大門上的招牌既陳舊又骯髒。燙金的字體寫著「寇成百葉窗公司」。

我把車停在入口附近。時間已過下班，相當數量的員工擁出大門——年事較高的男人多半帶著午餐盒。年輕，美麗的女郎，全身充滿活力，一面走一面交談互嬉。

我走進去，裡面的門是單向門，只能從裡面開。我等著，等到一位小姐推門出來想會合在街上的同伴，我把門順手拉著，讓她先出來。她沒太注意，以為我在獻慇勤。

標示顯出辦公室在二樓。我爬樓梯來到一個接待室。接待室有一個櫃檯，幾張椅子，一個標示著問詢處的位置但是已經沒有人。我老實不客氣經過櫃檯活動門，進入問詢處，找到開通辦公區的電鈕，按鈕使通辦公區的玻璃門打開。我走出櫃檯，走進辦公區。

一條長長的走道，兩側是半牆半玻璃的隔間，一律用空體字標示，財務、人事、生產經理、推廣經理……最底上有一扇門標示著董事長。辦公區隔音非常好，外面的人聲，車聲，一點也聽不到。因為已下班，裡面也一點聲音都沒有，完全肅靜，像是完全被廢棄不用了。

我推開董事長的門。

寇艾磊在他辦公桌後面坐著。兩肘靠在桌子上，兩拳緊握，下巴靠在胸前，握著的拳頭分別放在兩側顴骨上，兩眼固定，好像在深思，也好像受了催眠。他沒聽到開門聲，也沒有抬頭。

我在厚的地毯上走過去。直到我把自己在他對面的椅子上坐定，他才見到我。他向上看到有人，滿臉疑問及受打擾的不滿，而後他認出是我，激怒地說：「是你！」

我點點頭。

「你怎麼進來的？」

「走進來的。」

「門應該是鎖的。」他說。

「應該的事很多，目前我們應該先找到許嬌雅。」

「她不在這裡，她今天早點離開，她回家了。」

我說：「她翹了。」

他呆了一下，我的話才使他產生反應。他說：「翹了！老天！不可以。」

我說：「我在用時下年輕一代的慣用話，翹的意思是逃走，是溜走。好像翹課就是逃課。」

「喔，老天，我以為你說——」

「說什麼？」我追問。

「我不知道你什麼意思。」

「死了？」我問。

「是的。」

我說：「我們要快，和她談一下。假如你不知道地址的話，我告訴你是西奧爾良街，二〇七號。我的車在下面。」

他注視了我一、兩秒鐘。他的眼神冰冷、有力。他問：「你知道了多少？」

「多到你不想告訴我的就不必說。」

一聲不響他推開座椅，站起來。

「好，」他說：「我們走。」

我們走下樓梯。走出單向通行門。夜班警衛現在已開始值班。他機械地說：

「晚安，寇先生。」

「湯姆，再見。」寇先生回答。

門彈回去，自動地鎖上。我用拇指向公司車一指：「這就是。」

我坐進駕駛座。寇先生坐我右座。這時候交通流量最多，但我已準備吃罰單了，無論如何十分鐘的時間已到了西奧爾良街。

這是一幢很老的公寓，連外面的白灰牆都懶得整理了，所以有點髒雜的感覺。外面爬了一點葡萄藤，過小的窗戶使人想到裡面住的人得不到足夠的陽光和通風。從外面看看就可以想像到裡面有各家烹飪的氣味，煤油火爐的氣味，也許還有久居狹小之地心境不開闊的氣味。

我慢慢向前，由寇先生帶著路。

許嬌雅的名牌是從名片上剪下來貼上去的。已經很舊。寇先生按著名牌旁的按鈕。

沒有反應。

公寓大門上的鎖比一般鎖好一點點。我口袋中有萬能鑰匙，當然對付它沒有問題，但是尚未到露一手的時候。我隨便按了幾個別的住客的鈕，等了一下，一陣蜂鳴聲，有人替我們把大門電鎖打開了。我推門進入。

自信箱上得知許嬌雅在公寓裡的房間號為二四三。公寓裡可能有電梯，但是我不浪費時間，直接爬樓梯。寇先生是個肌肉結實的人跟在我後面，我每一步跨兩級樓階。

我敲二四三的房門，但是沒有人回答。

我看看寇先生，他的臉收縮憔悴。即使在這條空氣不流通，有點異味的走道暗光下，我仍可看到他臉色慘白，鼻下兩道皺紋直到四角。

我看沒有理由再假裝正經。我自口袋取出一個鑰匙包，把拉鏈打開，拿出那套萬能鑰匙。

第一次試用，就把問題解決。我們走進門去。

這間房間是在公寓的後側，對著北方。一個小的公寓單身房間，由兩個小窗供應空氣。唯一的對流可能是靠門上的氣窗。

室內燈是亮著的，燈光未經處理，所以顯得過亮了一點。是一個相當實用的單身房間，一個裝著玻璃門把，漆成灰色的門，一定是晚上可以放下來的床。沙發只有一個，想當年也是不錯的品質。窗簾已陳舊，不太平整。另外有張長沙發，可能已整新過兩次，確須做第三次整容了。地毯已成褐色，毯子四周已快磨損見到地板，有兩個明顯的圓印，是壁床放下來時，兩隻床腳的位置。一只有抽屜的小桌子，可能晚上就是床頭櫃。目前房間的中央放著一張深色的松木桌子，上面有不少雜誌畫報。

一項女用帽子及一件外套丟在沙發上。壁櫃的門大開著，裡面有兩個爐頭的煤氣爐，上面有抽風機。有個洗槽，上面是一個小冰箱，一個架子放點碗碟杯子。另外有個小門，門上有全長的鏡子，一定是通浴室的。

一張直背椅子上放了一個箱子，箱子蓋沒有關，裡面清楚地看到已裝滿一半，都是女人用的衣服。

寇先生深深吸口氣，減輕了負擔似地說：「她還沒走。」

我看看房間說道：「房東肯給房客裝這樣大的燈泡，可見這房間白天一定暗得像地獄。」我把燈關掉。

立刻，這地方變得幽暗，憂鬱，沮喪。下午的日光能自小窗透進來的極為有限，反使全室有奇怪，不真實的感覺。

我注意到浴室門下有一條極細的光線洩出。

寇先生說：「做做好事，把燈開起來。」

我打開燈的開關。

寇先生說：「她可能出去買點東西。她是在整行裝。我想我們——」

「我們做什麼？」

「等。」

我說：「好，那就坐下吧。」

寇先生坐在長沙發上，儘量使自己舒服。

我走到那個晚上可能當床頭櫃的小桌邊，把抽屜打開。有個小瓶子，瓶蓋已轉下來，裡面是空的。瓶上有標籤，標籤說裡面本來是乙苯巴比妥。

我想了一下，看看手錶，對寇先生說：「她什麼時候離開辦公室的？」

「大概四點十分。」寇艾磊說：「她說她有點不舒服，要回家。我鼓勵她早走。」

我說：「有沒有注意，有什麼不尋常？」

「什麼地方不尋常？」

「她說再見的方式。」

他用痛苦的眼神看著我，慢慢地點著頭。

我沒有問他詳情，但是他自動地說：「她說再見時有某種感情。好像永恆似的。我想她懂得我的困難。」

我看看手錶，是五點十五分。

我拿了張椅子坐在寇先生對面。拿出包香菸，問道：「來一支？」

他搖搖頭。

我點了支菸，寇先生看著我。天花板上一百燭光的燈泡照出他額上有一點點極微量的汗珠。

寇先生問：「你怎麼正好會知道——她想走了？」

我看著他說：「你怎麼正好會知道——你太太在跟蹤蘇百利？」

他的眼睛移開了片刻，又看著我的眼睛：「是她告訴我的。」

我向他笑笑。

他面紅地說：「你不相信？」

「不相信。」

他不樂地說：「我不太習慣別人不信我的話。」

「這我知道。」我同情地說：「你不是說謊的人。是許嬌雅在開她的車，還是你借了許嬌雅的車。」

他無法掩飾自己的驚恐和狼狽。

我把自己靠在椅背上，一口一口吐著煙霧。

「你怎麼知道嬌雅的車在現場？」他問。

「車禍中有一方把那天在附近的車子都記下了車號。」

他說：「他們一定記錯號碼了。」

我笑笑，什麼也沒有說。

「好，」寇艾磊生氣地脫口而出：「是我借用了她的車子。她什麼也不知道。我意思是她不知道我為什麼要借車。我——老天，我真是卑鄙的下流人，去跟蹤自己的太太。我以為她有外遇，要去和什麼人約會。老實說我有點起疑——對那個蘇百利大廈——當然，我想你知道的，賴先生。」

「我知道。」我說。

他靜了一會。

我說：「當你知道你太太有了困難，你決定不論她做了什麼事，也要支持她到底。你知道魏妍素小姐有了她的姓名、地址及車號，所以你找我們，希望這件車禍不要見官，庭外解決。」

他什麼也不說。

我說：「人生是非常奇怪的。也許這就是人生。有的時候很難做一件大事，而不會損害到另外一個人的。」

我看到他注意地看著我，但是我只給他看側面，自顧自抽象地繼續說道：「很多情況下，良心再好的人，無論你怎麼做，不是傷這個人的心，就是傷那個人的心。甚而很多人為此傷心。但是當你一定要選一個你不想傷害的人時，有時你被催眠了，而傷害了自己不想去傷害的人了。你懂我什麼意思嗎？」

「我看不出和今天的事有什麼關聯。」他說。

我說：「有時候，一個真正愛你的女人會躲在幕後，所以你不知道給她的傷害多大。或者換言之，有的女人習慣於站在人前大叫不要受到傷害。」

「你在胡謅什麼呀。」寇先生說。

「你太太。」我說，然後保持靜默。

足足十秒鐘，大家沒有開口。

「多事！」他哽咽地說，站了起來。

我沒說話。

「我應該揍你。」他說。

「不要揍我。」我告訴他：「到浴室去看看吧。」

他看了我一眼，痛苦又煩惱。然後他三步跨到浴室門口，一下把門打開。

許嬌雅躺在浴缸裡，全身穿得很整齊。她的眼閉著。臉色蒼白，下頷下垂。

我走向電話，撥警察總局說：「找兇殺組的宓善樓警官——快。」

沒有幾秒鐘，宓警官回話。

「宓善樓，」我說：「這是賴唐諾。派輛救護車，西奧爾良街二〇七號。二四三房間。乙苯巴比妥。服毒尚未到四十五分鐘，洗洗胃救她是沒問題的。」

「她叫什麼名？」

「許嬌雅。」

「這種事為什麼找我？」

我說：「寇艾磊先生在這裡，你來得快一點，他有故事要告訴你。」

「知道了。」

我說：「找一個部下把嘉蘭法律事務所的商茂蘭律師弄來。告訴商律師有一位斐伊瑪已完全招認，在一件『斐伊瑪控訴孔費律』的案子中，她和嘉蘭法律事務所合起來欺騙保險公司，冒領庭外和解的保險金問他願不願招供。不要讓他打電話。」

「這個許嬌雅，」宓善樓問：「肯不肯講話？」

「不是，你真有興趣的是寇艾磊。」

寇艾磊自浴室出來：「怎麼回事，你在提我的名字？」

我說：「我叫他們送熱咖啡上來。我們先來把她從浴缸中弄出來。」

我掛上電話。

我們兩人把她自浴缸抬出。

「她服毒了。」他說：「我們要想法子做點事。」

我說：「弄點冷毛巾在她頭上，我要他們送熱咖啡上來，他們不肯，要我自己下去拿。」

寇先生看看壁櫃後的小廚具說：「也許我們自己可以煮一點。」

「我們沒時間了。下面街口有個餐廳。」我衝出房門，把寇艾磊留在裡面陪昏睡中的許嬌雅。

第十七章　兇手小姐與幫兇先生

我快速地開著公司車，冒了超速受罰的危險。我想到應該把車泊在距魯碧蓮公寓二、三條街之外，但我知道已經沒有充足的時間了。我直接開到魯碧蓮公寓，把車就停在大門口，衝上階梯，按她的門鈴。

只有十分之一機會——百分之一機會。假如她在裡面，她也會整裝好了，但是——我再按鈕。

沒人應聲。

公寓大門上的鎖已十分老舊，任何放得進鎖孔的東西幾乎都可以開門。我都懶得請出我的萬能鑰匙包，用我自己公寓的鑰匙就順利地把大門打開了。

我上樓到魯碧蓮的公寓房間。我敲了兩次門，裡面一點聲音也沒有。全公寓都靜靜的。

我拿出萬能鑰匙，選了一把放進鑰匙孔，沒有成功。我正想把它拿出來，房門從裡面突然開啟。

魯碧蓮說：「不必麻煩，請進，不要客氣——喔，是你！」

「你為什麼不肯應門？」我問她。

她的手伸到喉嚨口，她說：「你把我嚇死了。」

「你看起來不像。」

「我不敢開門，你為什麼不說你是誰？」

「怎麼說法？」

「你應該對了門叫。」

我小心把門在身後關上，並且確定彈簧鎖鎖上了。我說：「這像什麼話，站在走道上大叫你名字，大叫我是唐諾，那個私家偵探，為公事來看你。」

「喔！」她說：「為公事嗎？」

我環視房裡。通浴室的門開著。床上堆了不少摺疊好的衣服。地上有兩只大旅行箱和一只航海用大箱。另有幾個放帽子的箱子。

「要遠行？」我問。

「你不會認為我會留下吧。」

「除非你已經找好地方去了。」

「我找好了。」

「什麼地方？」

「和朋友在一起。」

我說：「坐一下，我有話說。」

「我急著要離開這裡。唐諾。我非常擔心。我很怕。」

「你怕什麼？」

她把眼光移開：「也沒什麼啦。」

「真是善變。說得過去嗎？」

「少貧嘴。你怕的時候，還管什麼說不說得過去。」

「相信你是對的。」

我把自己在椅上舒服地靠好，拿出香菸點了一支，說：「我們說些有意義的話。」

「有關什麼呢？」

「有關謀殺。」

「我們一定要談這個題目嗎？」

「是的。」

「談什麼呢？」

「你能否絕對確定你離開的時候，他的錶是快一個小時的？」

「是的。」

「而是你回來之後，才把它調整退回一小時的？」

「是的。」

「你能絕對確定，不是你離開的時候，調整了他的錶，再離開的？」

「不是，事實上我應該先辦這件事的。有一段時間我還為此很耽心。」

我說：「好，我們來用點頭腦。有兩個人動過他的錶，你是其中之一。你想想，有多少人知道把錶撥快這件事？」

「只有凌弼美和我。」

「還有洗手間的小廝。」

「是的，我忘了算他。」

我站起來，在室中踱來踱去。她坐著沒有動，仔細看著我一句話也不說。

我走到窗口，向下看著街上。

「你在看什麼？」

「我的公司車泊在你公寓門口。」

她過來，站在我身旁：「怎麼樣呢？」

我說：「昨天有人把凶器放進我車裡。我想不出『什麼時候』別人放進去的，所以我改著去想，『為什麼』要放進我車裡，也許反而可以有線索解答『什麼時候』這個問題。」

她說：「你說『為什麼』是什麼意思？有人故意陷害你嗎？」

「也許有人要陷害我，也許根本不是。」

「多簡單哪。」

我說：「我們必須從簡單的事實開始。有一個解釋，因為太簡單了，我反而忽視了。」

「什麼？」

我說：「也許有人把凶器放進我車裡目的是要陷害我，但也許不是。當然我一直是在想，不論誰放進去，目的一定是陷害我。不過我現在開始改想簡單一點的理由了。」

「什麼？」

我說：「我們自另一方向看，那個把凶器放進我車裡的人，也許知道這是我的車，也許根本不知道是我的車。」

「天哪，唐諾，你是在說凶器被放進你車裡，完全是一個巧合，一個意外？」

「不是巧合，兇手殺了人，隨便找輛車把凶器拋棄，而竟找到了我的車，這種機會萬分之一也不會有的。」

她說：「我就不懂了。你自己矛盾了呀。」

「沒有，另有一個不矛盾的解釋。」

「什麼？」

「兇手殺人後不是有意陷害我，找我的車把凶器放進去。也不是想好要把凶器找個車拋，正好找上我車的。現在我知道，我的車正好在兇手最方便藏匿凶器的地方。」

她急急地說：「唐諾，你也許走對路了。」

我說：「凌弼美怎麼樣？你能信任他嗎？」

「到現在為止，他一直是很可信任的──對我。」

「除了你之外，有兩個人知道錶的事──凌弼美和洗手間小廝。但是有可能另外有一個人也知道。」

「誰？」

「寇太太。蘇百利和她在一起的時候，極可能提起過時間，這是很自然的事。」

「你一說，我也覺得有可能了。」

我說：「我還有個疑問，手斧的柄，為什麼曾經鋸過呢？你用過鋸肉的鋸子嗎？」

「有──當然用過。」

「這公寓裡有一把嗎？」

「我想有的，有。」

「我們拿出來，看一下。」

她思慮地注視我一下，帶頭走進廚房。我跟在後面。肉鋸在水槽的下面，她拿給我看。

鋸刀上有油漬，在鋸刀和鋸柄間有些木屑。

「果然不錯。」

「什麼果然不錯？」

「一切都符合了。」

「符合什麼呀？」

我看著她的眼問：「你這裡本來也有把小手斧，對嗎？」

她眼光閃避。

我說：「無論是誰幹的這件事，事先沒有想到會發現一個昏睡中的蘇百利。當這個女人發現蘇百利昏睡過去了，『她』找到那把手斧——看，一切都符合了。」

「女人？」

「是，一定是個女人。」

我繼續看她：「她不希望把斧頭留在現場。她只有一個辦法可以把它帶出去——放進她皮包裡。所以要把手斧的柄鋸短點。才放得進。」

「唐諾！」

我走回去，又向街上望。有幾秒鐘，房間裡很靜。過了一下我說：「我仍斤斤於凶器之所以在我車中，是因為我車正在兇手藏匿凶器最方便的位置。一旦這理論成立，我們突然發現——」

我突然停住。

「有什麼事？」她問。

「看那輛車。」我說。

她看我指的地方⋯⋯「是輛警車。」我說：「看那紅燈。」

宓善樓警官自車中出來，英勇地繞過車子到車的右側，打開車門，伸出一隻手。柯白莎把她的一隻手放在宓善樓的手上，像一麵袋砂糖從食品架上翻觔斗跌落下來那麼優雅地跨出車來。

我說：「快，快離開這裡——不！太晚了，來不及了。」白莎見到了公司車。我看到她敲敲宓善樓的肩，指指我們的公司車。宓善樓走過去看看牌照號。他們認真地討論了半分鐘，走向公寓大門。

兩秒鐘之後，魯碧蓮的公寓大門鈴響起。

「怎麼辦？」她問。兩眼看著我，非常驚慌。

「坐在椅子上，」我說：「不要動！不論發生什麼事都不要出聲。能辦到嗎？」

「你怎麼說，就怎麼做。」

「注意！『不論發生什麼事』，都不出聲。」

「是的，唐諾。」

門鈴聲停了。

我打開通走道的門。確定一下彈簧鎖沒問題。回顧說：「不論發生什麼事，不要出聲，知道嗎？」

她點點頭。

我步上走道，把門拉上，用我的手及膝蓋爬在地上，把耳朵貼在地板上。

我保持這姿勢，直到我聽到走道上有輕輕的腳步聲過來。我移動了一下，腳步聲突然停止。

我改變自己姿勢為單膝半跪式，右手伸進口袋摸到我的萬能鑰匙包，把鑰匙包取出，選了一個在魯碧蓮門鎖上撥弄著。

腳步聲又響起。

我用有罪很慚愧帶點小小驚恐的眼色向後向上看去，一副被人當場逮到了的樣子。宓善樓兩眼瞪著我相望。

「不錯，你選這一把有點像了。」宓警官說。

我急急想把萬能鑰匙塞回口袋。

「嘿，嘿。」宓警官冷笑著，用一隻手一把從我發抖的手中把鑰匙包攫了過去：「看來你們的偵探社還在玩百合鑰，是不是，白莎？」

白莎說：「可惡，你！唐諾，我老早就叫你把這東西丟掉。會給你出事情的。」

我不說話。

宓善樓問：「怎麼回事？」

我說：「我想進去看一看。」

「我認為你也是這意思，來多久了？」

「我不知道——有四五分鐘了吧。」

「那麼久？」

我說：「我按鈴四五次，確定沒人在家，我——我就進了大門。」

「之後呢？」

「之後我到這裡敲門。我又仔細聽了一會。我當然不會貿貿然過去，除非我的確知道裡面沒有人。」

「裡面沒有人？」宓善樓問。

「是，我想她搬走了。」

「那你為什麼想進去？」

「我想再調查一下浴缸的方位。」

「為什麼？」

「我想看看兩個人搬個屍體要站在什麼位置才能放進浴缸去。我看至少要兩個男人——」

「別鬼扯了。」宓警官打斷我的話：「案子早就真相大白給我偵破了。」

「你偵破了！」

「我要找這個女人。」

「為什麼？」

「我們調查了這把手斧。是她在三條街外日用品店買來的。」

我儘量把自己聲音裝得無所謂：「她現在可能在淩記老地方。你怎麼沒有跟救護車去問寇先生？」

他笑著說：「因為你沒在那裡等，所以我想是個調虎離山之計。唐諾，我要那個姓魯的女人。」

「但是西奧爾良街——有人在處理？」

「當然。」

「他們不會讓姓寇的溜走？」

「不會，小寶貝。我們也不會讓你溜走。走吧，我們有好地方去。」

「我的鑰匙能還我嗎？」

「免談！」

「還給唐諾，讓他馬上丟掉。」白莎生氣地說：「我告訴過這小子不知多少次。」

「好了，不要找理由了。」宓警官說。

我跟了他們下去到了街上，我說：「我還是用公司車，你——」

「去你的！」宓善樓說：「你在我身邊，老兄，那裡也不去。一直等我把手銬套上那女人的手腕。我不要你離開我眼睛，讓你可以打電話通知她一下，這是你最精明的把戲。」

「手銬銬她？」

「當然，你有什麼意見。」

白莎對宓善樓說：「不要讓他在你眼前變戲法。他什麼都知道。他是聰明的小雜種。他會想辦法通知她。老天！他就是見不得女人。他就是這個毛病。」

宓警官說：「注意聽我說，她是真正殺人的人。你不要混進去。」

我看著他大笑：「什麼人都可以拿那把斧頭。」

宓善樓吞了我的餌，他加高聲音道：「我都弄清楚了。用個假名她在福祿公寓也租了個房間。她租了已經有一個月了，每次很小心，蘇百利在的時候。她不會去。她搜查過他的公寓。那一天，正好在蘇百利被幹掉之後，她回去開了他的保險箱。」

「你怎麼知道？」

「蘇有契告訴我保險箱裡東西不見了。」

「但是你怎麼知道是她幹的呢？」

他笑著說：「她是聰明，沒有在蘇百利公寓裡留下指紋。但是她不夠聰明，在她用假名租的公寓裡——但那也沒有辦法，一個人不可能在一個地方住一個月而不留下指紋的。」

「你在那個公寓裡找到她的指紋？」

「當然，她用假名租的公寓。另外福祿公寓的經理和職員都指認了她的照片。」

「那還是沒有犯罪的證據呀。」我說。

「千萬不要這樣想，好人。」白莎高興地說：「她本來不是什麼好東西，一個有雙漂亮大腿的掘金者。」

「你怎麼突然那麼聰明？」我問宓善樓。

「也沒什麼啦。你去看那姓孔的。她也去看姓孔的。你們停車很近，可能一前一後。她知道是誰的車。也知道車在哪裡。你乘她的離開。你和她一分手，她有太多的時間回頭來把凶器放你車裡。當時她認為聰明死了，把事情掛在你頭上，但是事後看來，是把吊人結掛在自己頭上。」

白莎突然說：「善樓，你帶唐諾去捉了魯碧蓮，我實在不想看到唐諾和這小妮子在一個車裡。我不跟你走了。這樣好了，你管你在前，我和唐諾乘公司車跟你在後，我負責唐諾絕對不走近電話。」

宓善樓想了一下說：「就這樣辦。」

他跟了我一起走到公司車旁。

我伸手向口袋取車鑰匙。一陣痙攣自胃口升起。我把車鑰匙及駕車手套留在碧蓮公寓裡桌上，匆忙中忘了取出來了。

「又怎麼啦？」白莎說。

我現在懂得為什麼有人上了台，什麼話都說不出來。事實上，我實在也沒有什麼可以說，腦袋一片空白，瞪著眼一句話也說不出來。我舌頭完全打了結。我只是站在那裡向每個口袋摸索著。

「鑰匙呢？」白莎問。

「我一定掉在地上去了，剛才我在樓上拿那些鑰匙的時候。」

白莎向宓善樓看看。

宓善樓低頭蹙眉，輕輕地說：「好呀！你這個騙人精。」

我只感到他左手抓住我手腕，我看到反光一閃，聽到喀嚓一響，右腕上多了一副純鋼手銬。

「好，你聰明。」宓善樓說：「我幫你忙，你敬酒不吃吃罰酒，你一定要和我搗蛋。那我們就公事公辦，我們現在一起回樓上去。」

我嚴肅地說：「你吃錯什麼藥了？鑰匙一定在房門前地板——」

「我另外才注意到，」宓警官說：「你也沒有帶開車手套。我真是個笨偵探。走吧，朋友，我們回去。」

我除了跟他走回頭，還能做什麼。

在魯碧蓮的公寓門口，宓善樓蹲下身子在地毯上摸了一下。這不過是做個樣子。他馬上拿出我的萬用鑰匙，找了一個合適的，放進鎖孔。

我死不服輸做一個最後的掙扎。

「你要不用搜索狀私闖民宅？」我問。

宓善樓不是那種可以唬得住的人。他說：「你他媽對了。我要私闖民宅。」房門打開。

魯碧蓮坐在那裡，就像我離開時一樣。她的臉像白白的麵團上塗上了化妝的彩色。

宓善樓很切實際地走到桌子前，問道：「賴先生，這是你的手套嗎？」

我說：「我有權不回答任何問題。」

宓善樓拿起車鑰匙：「手套一雙，車鑰匙一個都是證物。碧蓮，穿著衣服，我們有地方要去。讓我看看你的手。」

他抓起她左手。

還有什麼話說。即使我警告她也於事無補。

半秒鐘之後，冷冷的鋼圈碰上了她的手腕，她向後跳半步，發出一下喊叫，手銬一緊，魯碧蓮和我銬在同一副手銬之上。

「好了，兇手小姐，幫兇先生。」宓善樓冷酷地說：「我們要教你們這對同命鴛鴦一點東西。」

白莎從我看向宓善樓。「宓兄，」她說：「也許——」

「不行。」宓善樓不客氣地回答。

「但是，善樓兄——」

「閉嘴！」他說：「這次，所有人都乘我的車。」

第十八章　女客人的皮包

宓善樓只浪費了極少數時間，把我的車鑰匙試試是不是配得上我們的公司車。然後他把我們統統裝進他的警車，發動引擎，開動閃光燈和警笛。

這是極不適合靜思的地方，但是我一定要用腦子，而且要快快的用腦子。只要我們一到警察總局，做什麼事都會太晚了。

警笛猛叫，給我們路權，我們的車子正在加速。我們閃著燈很快通過一個十字路口，我注意到我們目前在走的街，是夢地加路。在我們左前有一個豪華的公寓旅社。兩輛計程車泊在前面。有一個駕駛聽到警笛聲好奇地向我們注目。我匆匆可以看到他扭曲，破裂的鼻子。

下一條街是公園大道。宓善樓踩下煞車，車吱吱叫地轉了個彎。

「宓警官！」我叫道。

他甚至連頭也沒有回。

車又平衡直行。

「宓警官，停車！」

我叫聲中有什麼打動了他的心。他把油門鬆了一點。「這次又怎麼啦，拖延一點時間？」

「謀殺蘇百利的兇手。」我說。

「不是已經在我們車上了嗎？」

「不是，宓善樓。拜託請你把車停路邊，在他逃掉之前聽我給你講清楚。」

他猶豫著。

白莎說：「宓善樓兄，拜託。」

「他這個混小子，」宓善樓說：「他目的是拖延時間，想辦法逃掉，你跟我都知道他的老毛病。他很快會想到點謊話，騙得你要死要活——」

「混帳！」白莎向他吼著：「把車靠邊！」

宓警官用驚奇的眼光看著她。

白莎把身子前傾，一扭把打火鑰匙向外一拿，拿在手中伸出車窗之外。

車子引擎熄火。宓善樓靠了車子向前衝的功能，旋轉方向盤，把車停在路邊。

宓警官手把方向盤一動不動坐著。過度的激怒，使他臉像紙一樣白。

數秒鐘後，他說：「我無所謂，我帶你們三個進去。」

白莎向後對我說：「你不要以為他不會這樣做。假如你要說什麼，現在好好說。我希望你說得有道理。」

我靠前把我的左手放在宓善樓肩上，我的右手是和碧蓮銬在一起的。

「宓善樓，請你聽我說。」我說：「這件事和我沒有關係。我一直在想，凶器怎麼會到我車裡去的。我回想過每一個步驟，除非魯碧蓮在騙我，否則不可能——絕對不可能是為了有人知道這是我的車，所以故意把凶器放過去陷害我的。而我真的相信她沒有欺騙我。另外還有一個方式，凶器會跑到我的車裡去。」

宓善樓現在開始注意了。

我說：「宓善樓，聽我說。我是為大家好。你不要一衝動把我們帶過去，最後報紙上真相出來，把自己臉丟掉。」

「不必擔心我的臉。」宓善樓說：「告訴我凶器的事。」

我說：「唯一可能出現在我車裡原因，是被一個不知道是什麼車——車主是誰的人放進去的。」

「別笑死人了。」宓警官說。

「而且，」我說：「只有一種情況下才有這可能。就是，我的車正好在兇手最順手，最方便的地方——當然是指便於兇手拋棄凶器。而且只有一個時間有這個可能。就是當我的車停在凌記老地方的時候。我自以為可以投個機，我把車倒頂著一部大車，希望他不致先我要離開。但是後面車的車主不像我所想，他簡單地把車吃在低檔，把我的車鏟到計程車停車區，而自己開走了。一個計程車司機在我出來時幾乎要修理我——那個破鼻子司機現在正坐在剛走過的大旅社門口車裡等生意，就在二、三條街後，夢地加路路上。那可能是他等客人的老地方。另外件事，手斧的柄被鋸短，為的是女兇手可以把它放在皮包裡帶出來。」

「這些和我逮捕你們有什麼衝突？」宓警官問。

「你還看不出？」我說：「想想全盤的棋。你想想發生在花園大道和夢地加路路的車禍。想想時間因素。現在你想做個聰明偵探——就聰明點。想做個笨偵探——就裝傻。要好要壞都在你。我反正什麼都告訴你了。白莎，把車子鑰匙還給他。」

宓善樓說：「我可不願讓自己變成天下第一大傻瓜——有了我已經查到魯碧蓮那麼許多資料，我夠了。」

「你除了查到一些偶然巧合之外，你什麼也沒有查到她的。」我繼續說：「碧蓮和我在我當兵前就互相認識。她知道我要回來了。我又不能住到她公寓去，因為凌弼美會把我宰掉。她在福祿公寓租個房間，我們可以在一起。這是一個愛窩。昨天晚上我就在那裡，所以白莎找我不到。」

「你這個龜兒子。」白莎低低地說，把車鑰匙放回鑰孔去。

宓善樓坐著不動足足三十秒鐘。然後他發動引擎，吃上排檔，在路中央左後轉彎。警笛響起，紅燈一閃一閃。

我們從公園大道轉入夢地加路路。破鼻子司機仍在他計程車方向盤後面。

宓善樓把車一直開到和計程車平行。一腳煞住。

破鼻子兩邊兩隻小眼睛閃閃地看著我們。

「有什麼公幹嗎？」司機問。

宓善樓說：「昨天到下午公園大道和夢地加路路口，出了個車禍，你知道嗎？」

「聽說。」

「你馬上接到個客人？」

破鼻子想了想說：「跟你有關嗎？」

「男的還是女的？」

「女的。」

「她到哪裡去？」

閃動的小眼睛看了宓警官一會，把眼光移開。

宓善樓突然把警車車門打開，繞過來，用寬大的體軀站在計程車門旁，一手把計程車門拉開：

「給我出來！」他對計程司機叫著。

破鼻對他看了一下，猶豫著。

宓善樓的手一下向前，一把攫住他的襯衫和領帶，重重的拉了一下：「我叫你——出來！」

計程司機乖乖出來，突然對宓警官尊敬起來。

「你想要做什麼？」他問。

「你的客人，什麼人？去哪裡？」

「一個女人，」他說：「她叫我跟蹤一輛車——她說就會從街角過來。」

「講下去。」宓善樓說。

「車子從十字路口過來後我們就跟上去。我發現另外有個第二輛車在跟蹤第一輛車。我告訴我的客人。她叫我不必管第二輛車，跟住第一輛車就好。只有三條街，他們停在一個公寓前。那個男人進去了。在第二輛車中的女人把車開走了。我的客人坐在車裡叫我等。我們等了十多分鐘。」

「說呀！」

「一個女人從公寓出來，跑進一輛車開走。我的客人緊張了，她從車中出來，給我五元錢說是要我等的保險費。她走進公寓，在裡面耽了十分鐘。然後她出來，要我把她帶到凌記老地方。」

「之後怎麼樣？」警官問。

「我把她帶到凌記老地方。一個流氓把他車停在計程車上下客區。我請客人等一下，我可以把那車弄走。但是她不肯等，她出來。所以她必須走過那流氓停得不恰當的車，她還是繞過了那輛車，走進蘇百利大廈。一個傢伙出來爬進那泊著的車。我曾想敲他一、兩元錢，但是沒有成功。我反正已拿到五元錢車錢，事實上這點車程一元錢也不到。所以就不與他計較了。」

「有沒有看到那女客人的皮包有什麼不尋常？」宓善樓問。

破鼻子看著他，露出欽佩之狀。「她有件很重的東西在皮包裡。有點突出來。我想可能是——」

「一塊石頭？」宓善樓在那人猶豫的時候問。

「不像石頭。」

「一把鐵鎚或是一把小斧頭？」

駕駛露出突然明白的眼神：「對呀！我還一直以為是把槍。」

「那個女人長得什麼樣子？」宓善樓問。

「長得不錯。」司機很欣賞地說：「很美的腿，很美的臀部，很好的膚色。牙齒大了一點，就只有這缺點。笑起來像馬牙。」

「好傢伙。」白莎低聲地叫著：「他奶奶的。」

第十九章　艾磊的感謝

白莎和我從電梯上樓時，寇艾磊正在我們辦公室門外踱來踱去。

他的臉上看得出困難解除，容光煥發。他向我走來，抓住我的手：「我在等你們回來，開電梯的說雖然你們五點關門，但是你們常常晚上回來。」

白莎不是頂高興地說：「我們給你辦好了庭外和解，並且——」

「能不能讓我到裡面去，我們可以談談。」寇艾磊說。

白莎打開大門，我們又一起進白莎的私人辦公室。

白莎繼續說：「正如我在電話中告訴你的，你尚欠我們三百元，而——」

寇艾磊看著他，好像她在說外國話，然後他看著我。

我搖搖我的頭：「我沒有和她談起過。」

「你們兩個打什麼啞謎呀？」白莎問。

寇艾磊自口袋拿出一張支票，和一支鋼筆。

「三百元。」白莎說。

寇艾磊抬起頭看著她說：「柯太太，我要對你們兩位感謝發生在我身上的所有幸福事情。我想這一切都是唐諾所賜給我的。」

白莎的下巴垂了下來。

寇先生說：「我猜你是知道一切的——唐諾。我有點懷疑我太太和蘇百利。我奇怪為什麼我太太急於買下蘇百利大廈，據我律師調查，價格是實際價三倍以上。她昨天下午出去的時候，我決定跟蹤她。這個決定是臨時決定的。我的車正好不在，但是我知道許嬌雅不會在乎我借她的車。所以我借用了她的車。

「我不必細講一切，賴先生反正都知道。我跟蹤我太太。我看到車禍。我看得很清楚我太太也是在跟蹤蘇百利。我回我的辦公室。許嬌雅根本不知道我用過她的車——我後來知道蘇百利被謀殺了，我相信是我太太做的。

「她承認蘇百利曾勒索她。她不肯告訴我為什麼。我一直想做一個體諒太太困難的丈夫，我要做個靜默的強人，我決定不問原因。我決定支持太太到底。我知道她會因車禍案被傳做證人。我希望案子庭外解決，使她跟蹤蘇百利的車沒人知道。我請你們幫忙，你們辦到了。

「賴先生告訴我用某種方式生活是不對的。你不能為了不損害一個人犧牲了自己，但給另一個人更大的損害。我和我太太詳談了一次，這次我很清醒。我腦子裡想到嬌雅躺在醫院的床上，人事不知。我也知道她笨到以為代我一死，一切都沒問題了。我也覺悟很多事情。伊瑪很冷靜，完全生意經地和我談財產分配和離婚贍養費。我更清楚她嫁給我只是一次投資行為。我從沒有那麼『所有困難一筆勾銷』的感覺。我給了她一大筆錢。她連眼珠都會瞪下來。我叫她立即去雷諾辦離婚。我自己到這裡來為的是謝謝唐諾。」

寇艾磊深吸一口氣，開始在支票上寫字。他在白莎桌上借用了吸墨水紙，把墨水印乾，把支票放在桌上。他站起來，看看我，眼中已有淚痕。他伸出手來握手。然後繞過桌子抱住白莎，在她面頰上吻了一下。

我說：「我很高興你終於攤牌了，艾磊。你的太太並沒有謀殺蘇百利。是另外一個蘇百利一直用電話勒索的女人幹的。假如她沒有偶然發現蘇百利的錶快了一個小時，所以調整回來的話，整個案子會簡單得多。當然這並不表示你太太沒有故意把你當金龜來釣。她是故意欺騙你的。

「兇手魏妍素一直被蘇百利勒索。她已厭倦了。她跟蹤蘇百利自老地方出來，決心和他攤牌談判。她甚至可能考慮過殺死他。她見到蘇百利進了這公寓。她知道這是魯碧蓮的公寓。她多少知道了點內情，所以在外面等。她看到女的出來了，男的還在裡面。所以她決定調查一下，她就找到魯碧蓮的公寓。房門沒有關，她見到的是出奇的一勞永逸的好機會。蘇百利手中有張便條說碧蓮去樓下藥房，魏小姐知道是謊言，她親自看到碧蓮開車走的，根本沒有望一下街角的藥房。她試試蘇百利的確已經昏睡。她到廚房想找個武器，找到了一把砍骨頭的手斧。她狠狠的給了他一下，也是積怨太久，急求擺脫。我想法律會減輕她一點的。真正殺了人她就慌了起來，她無法處理凶器，她找武器的時候一定見到廚房裡尚有一把肉鋸，所以她把手斧的柄鋸短了，可以放在皮包裡。凶器後來就拋進她從計程車下來後見到的第一輛車裡。警方已經在她家找到當時她用的皮包，被鋸下的一節仍在裡面。」

寇先生注意地聽著，他說：「魏小姐？我還真怕她把我太太拖進這件案子去。我也怕別人會——噎，好在一切都過去了。我還馬上要去醫院。嬌雅看到有人記下她汽車的號碼。她知道是我偷用了她的車，她認為是我殺了人，她想反正別人以為她在車裡，她代我死了就一了百了。真是傻。要不是唐諾，多少人會受損害。我只能用那張支票表一點點心意。我永遠欠你們的情。」

白莎看著他走出門去。攫過那張支票。我看到她貪婪的小眼張得又大又圓。

「好小子！」她肅然起敬地又加一句：「他奶奶的。」

白莎飄飄然還沒會過意，我已經溜到外間的一半了。

我聽到她對我大吼：「賴唐諾，你這渾小子，假如你現在去老地方，要記住不能再用公款買香菸，這件案子已經結束了。」

我把手停在門上。我不得不高聲一點說：「要是我今天晚上不在家，不必為我擔心。」

我一下把門反手關上，柯白莎來不及向我回嘴。

相關精彩內容請見《新編賈氏妙探之10　鑽石的殺機》

新編賈氏妙探 之9 約會的老地方

作者：賈德諾
譯者：周辛南
發行人：陳曉林
出版所：風雲時代出版股份有限公司
地址：10576台北市民生東路五段178號7樓之3
電話：(02) 2756-0949
傳真：(02) 2765-3799
執行主編：劉宇青
美術設計：吳宗潔
業務總監：張瑋鳳

出版日期：2023年4月 新修版一刷
版權授權：周辛南
ISBN：978-626-7153-83-3

風雲書網：http://www.eastbooks.com.tw
官方部落格：http://eastbooks.pixnet.net/blog
Facebook：http://www.facebook.com/h7560949
E-mail：h7560949@ms15.hinet.net
劃撥帳號：12043291
戶名：風雲時代出版股份有限公司

風雲發行所：33373桃園市龜山區公西村2鄰復興街304巷96號
電話：(03) 318-1378
傳真：(03) 318-1378
法律顧問：永然法律事務所 李永然律師
北辰著作權事務所 蕭雄淋律師

行政院新聞局局版台業字第3595號 營利事業統一編號22759935

定價：299元

國家圖書館出版品預行編目資料

新編賈氏妙探. 9, 約會的老地方 / 賈德諾(Erle Stanley Gardner)著；周辛南譯. -- 臺北市：風雲時代出版股份有限公司, 2023.01　面；　公分
譯自：Give them the ax
ISBN 978-626-7153-83-3（平裝）
874.57　　111019814